Déjà-vu

Geschichten vom Leben, dem Tod
und anderen Merkwürdigkeiten

AF186793

Jürgen Drehmann

Déjà-vu

Geschichten vom Leben, dem Tod
und anderen Merkwürdigkeiten

Erzählungen

3. überarbeitete Auflage

Bibliografische Information der Deutschen Nationalbibliothek:
Die Deutsche Nationalbibliothek verzeichnet diese Publikation in
der Deutschen Nationalbibliografie; detaillierte bibliografische
Daten sind im Internet über <http://dnb.dnb.de> abrufbar.

© 2006 Jürgen Drehmann – 1. Auflage
© 2012 Jürgen Drehmann – 2. überarbeitete Auflage
© 2019 Jürgen Drehmann – 3. überarbeitete Auflage

Autor: Jürgen Drehmann
Umschlaggestaltung und Layout: Jürgen Drehmann
Titelbild: Jürgen Drehmann
Herstellung und Verlag: BoD – Books on Demand, Norderstedt
ISBN 978-3-7504-3480-6

Jürgen Drehmann. Jahrgang 1960. Als Sohn einer Schneiderin und eines Zimmermanns in der hessischen Wetterau geboren und aufgewachsen. Dort lebt und arbeitet er heute noch.

Querfeldeinumherschweifkünstler mit freiheitslieben-dem Wesen, der die Buntheit und Vielfalt des Lebens, mit all seinen Höhen und Tiefen, nach eigenem Gemüt durchwandert.

Mit seiner eigenwilligen Art, *Dinge* auch von der einen oder anderen Warte zu betrachten, lädt Jürgen Drehmann dazu ein, mit ihm einen augenzwinkernden Blick auf so manche Merkwürdigkeit des Lebens zu werfen.

Sei geblieben, was sie im Herz hat verbunden,
sei vergangen, was sie im Leben hat entzweit.
Möge das Vermächtnis der Ahnen sich lichten,
mögen der Kinder und Kindeskinder Wege erfüllt sein
von Liebe, Wahrheit und Frieden.

In Erinnerung an meine Eltern
Lieselotte und Heinz Drehmann

Jürgen Drehmann

Jürgen Drehmann

Déjà-vu

Geschichten vom Leben, dem Tod und anderen Merkwürdigkeiten

Erzählungen

Inhalt

Elsa und Luise

Als ich noch in der Stadt lebte, fuhr ich während der Sommermonate an den Wochenenden oft hinaus aufs Land und verbrachte ganze Nachmittage auf *meiner* Bank am Wegesrand eines viel genutzten Wanderpfades. Ich ließ mich in die bunte Vielfalt der Natur sinken, wie die zahlreichen Ausflügler, die sich in dem Idyll von Wäldern, Blumenwiesen und Bachläufen tummelten und mit mir diese Freude teilten.

Ich träumte gerade vor mich hin und verfolgte dabei eher beiläufig den endlosen Kampf der mächtigen, von wucherndem Dickicht umsäumten Laubbäume, die von heftigen Windböen hin und her geworfen wurden. Da tauchten sie in einiger Entfernung auf dem Pfad, der sich zwischen den Bäumen hindurchschlängelte, auf: zwei Mädchen, hinter ihnen folgend der größere Teil der siebenköpfigen Gruppe. Die Familie der beiden − so nahm ich an, die fröhlich und ohne Eile bei einer Fahrradtour die gemeinsame freie Zeit genoss. Ihr Weg führte sie unmittelbar an meiner Bank vorbei. Die beiden Mädchen, in luftigen, bunten Sommerkleidchen, rollten auf billigen Klapprädern, die eben so ihren Zweck erfüllten, vornweg. Eine deutlich kleiner als die andere, aber genauso dünn. Die Mädchen berührten sich fast mit ihren Rädern, tuschelten, schwatzten und schmunzelten über Heimlichkeiten, die ihre Aufmerksamkeit so sehr in Anspruch nahmen, dass die zwei mich gar nicht zu bemerken schienen. Die beiden mochten nicht mehr als zwölf oder dreizehn Lenze zählen. Sie versprühten eine solche Lebenslust, und es lag eine so anrührend schnörkellose und unverhohlene Ehrlichkeit in ihrem Gesichtsausdruck, dass es mir für einen Moment vor Entzückung den Atem verschlug; und nicht der geringste Zweifel in ihren Mienen darüber, dass all ihre Wünsche und Forderungen an das Leben und die Menschen um sie herum, erfüllt würden – weil es ihr *Recht* war. Sie hatten sich ihrer Kindlichkeit schon ein gutes Stück entledigt. In ihrem Blick unübersehbare Zeichen ihrer sich entwickelnden Persönlichkeit, mit der sie schon bald, mit Verstand und Raffinesse, die Bühne der Erwachsenenwelt betreten und ohne Frage ihren Platz behaupten würden. Bereit, in jugendlicher Unbefangenheit für sich selbst ein zu stehen, ohne Furcht vor allem, was das Leben, als Erfüllung oder Schicksal, mit sich bringen könnte.

Die Lange redete unentwegt auf die Kleine ein und klebte dabei förmlich mit ihren Augen an ihr, um noch die feinste, möglicherweise als Reaktion und Antwort zu deutende Regung begierig ablesen zu können. Die Kleine hingegen hörte meist nur zu, machte sich Gedanken, antwortete mit wohlüberlegten, wenigen Worten. Ein aufregendes Wechselspiel erfrischender Unruhe und lebendigem Gleichklang. Wie gerne wollte ich diesen so alltäglichen und dennoch so besonderen, von purer Lebensfreude erfüllten Augenblick im Gedächtnis behalten. Doch wie schnell verblasst eine namenlose Erinnerung. So *taufte* ich im Gedanken die Mädchen *Elsa* und *Luise*, ohne mich jedoch endgültig entscheiden zu wollen, welche der beiden Elsa und welche Luise sei. In Höhe meiner Bank angekommen, grüßten mich die Eltern mit einem freundlichen, stummen Lächeln. Dann entfernte sich die ganze Familie wieder auf ihren Fahrrädern in gemächlicher Langsamkeit. Ich schaute Elsa und Luise zum Abschied noch eine Weile nach.

Das Leben des Anton Haberkuck

Halb wach, halb vor sich hindösend hockte der dreizehnjährige Bub, auf einem der Notsitze, den Kopf gegen das dicke Glas der großen, braun getönten Seitenscheibe gelegt. Beiläufig beobachtete er das hektische Treiben auf der belebten Einkaufstraße seiner Heimatstadt und genoss es, von dem über den glatten Asphalt schnurrenden Bus, sanft auf und ab geschaukelt zu werden. Eine Fußgängerampel schaltete auf *Grün*. Der bis auf den letzten Platz besetzte Bus rollte langsam heran und kam mit einem leichten Ruck zum Stehen. Doch anstatt die Straße zu überqueren, gafften die Passanten in die Frontscheibe des Fahrzeuges. Der Junge beugte sich zum Mittelgang und schaute nach vorn. Der Fahrer lag regungslos über dem Steuer. Einige besorgte Fahrgäste drängten sich schon um ihn. Der pensionierte Arzt des Städtchens, der ganz vorn, gleich neben dem Bürgermeister gesessen hatte, fühlte dem Chauffeur den Puls, zog ihm die Augenlider hoch und spekulierte mit seinem Monokel in die Pupillen des dickleibigen, bereits ergrauten Busfahrers.

„Nichts mehr zu machen", brummelte der kauzige Mediziner mit ernster Miene zu Bürgermeister Stökel, „vermutlich Hirnschlag!"

Stökel wurde blass. Er erhob sich zögernd von seinem Sitz und starrte ungläubig auf den Toten. Schließlich griff sich der Stadtvater das Mikrofon von der Frontkonsole.

„Verehrte Fahrgäste", tönte seine aufgeregte Stimme aus den Lautsprechern, „welch eine furchtbare Tragik. Das Schicksal hat soeben einen geliebten Menschen aus unserer Mitte gerissen!"

Für einen Moment wurde es totenstill. Dann huschten zwei, drei leise Huster durch den Bus. Ein japanischer Dolmetscher in einer der hinteren Sitzreihen tuschelte ein paar Landsleuten, was er hörte, auf japanisch ins Ohr. Stökel räusperte sich nervös und fuhr wehmütig fort: „Wir müssen Abschied nehmen ... Abschied nehmen von einem Mann, den wir alle achteten und verehrten. Verehrten für sein Lebenswerk, verehrten dafür, wie er sich pflichtbewusst und selbstlos über Jahrzehnte in den Dienst unserer Gemeinde gestellt hat. *Er* hat unser einst so verschlafenes Städtchen aus seinem Dornröschenschlaf erweckt. Hat historische Ereignisse, längst vergessene Kulturdenkmäler und Kultstätten unserer Väter wiederentdeckt und nicht nur die Bewohner, sondern Menschen aus allen Teilen der Welt für diese Schätze begeistert!" Einheimische Fahrgäste und Touristen schauten sich fragend an, nickten zustimmend. Die Japaner warfen mehrmals im Sitzen den Kopf samt Oberkörper huldigend nach vorn. Bürgermeister Stökels Augen funkelten schwärmerisch. „*Er* war es, der mit seinem *Fünfer* der Linie Drei, die 'große Runde' ins Leben rief. Jeden Tag, pünktlich zwischen zwölf und drei Uhr mittags, kreuzte er mit seinem Omnibus quer durch die Stadt, durchstreifte das Umland und passierte auf seinen Entdeckungsreisen selbst die abgelegensten, malerischen Winkel", Stökel grinste verschmitzt und zwickte die Augen zusammen, „über die er die eine oder andere nette Anekdote zu erzählen wusste." Ein junges Fräulein himmelte ihren Liebsten neben sich an und kicherte verschämt.

„Abertausende ließ er den Glanz und den Zauber unserer heimatlichen Auen und Haine spüren und den Geist unserer Vorfahren, zu denen er sich jetzt selbst hinzugesellen wird." Bürgermeister Stökel tupfte sich mit einem Taschentuch die feuchten Augen. Jemand reichte dem Stadtvater einen Becher Wasser, den er mit geblinzeltem Dank entgegennahm. Im Mittelgang stehende Fahrgäste setzten sich wieder auf ihre Plätze und lauschten ergriffen der Trauerrede. Ein Schluchzen aus dem hinteren Teil des Busses bestärkte Stökel, mit seiner Würdigung des Verblichenen voller Inbrunst fortzufahren. „Oh, er fuhr nicht einfach nur Bus", der Bürgermeister warf den hoch gestreckten Zeigefinger heftig hin und her, „neiiin, er lenkte ein Schiff, thronte auf seinem

16

Sessel hinter dem mächtigen Steuerrad, manövrierte seine Passagiere sicher durch jede gefährliche Enge, dirigierte aufsässige Verkehrsrüpel", einige Zuhörer schmunzelten verlegen, „mit meisterlichem Geschick, aus dem Weg – und nicht *einmal* in all den Jahren ein Unfall. Nicht der kleinste Kratzer an seinem Fünfer!"

Stökel wandte sich zu dem Dahingeschiedenen auf dem breiten Fahrersitz. „Lebewohl, Anton Haberkuck!" Bürgermeister Stökel schwenkte den Arm mit dem Trinkbecher, wie ein Geistlicher zur Segnung. „Möge Gott deine Seele zu sich nehmen und dich begleiten auf deinen himmlischen Wegen!"

Gedämpftes Gewimmer vermischte sich mit gemurmelten Gebetsformeln. Die Fahrgäste erhoben sich und tippelten nacheinander gesenkten Hauptes an dem Busfahrer vorüber, um ihm die letzte Ehre zu erweisen. Mancher klopfte dem toten Anton Haberkuck zum Abschied noch einmal auf die Schulter. Nur der Junge kauerte auf seinem Sitz und verfolgte die Szene zu Tränen gerührt.

„Was für ein Mensch", flüsterte er leise mit halbgeschlossenen Augen, „was für ein Leben. Voller Respekt von allen bewundert bis in den Tod. Ein Held!" Der Junge weinte mit einem Lächeln im Gesicht still vor sich hin.

Ein derber Stoß eines Klassenkameraden in die Seite riss den Dreizehnjährigen aus seiner Verzückung.

"Heh, Anton Haberkuck! Jeden Morgen dasselbe: Noch keine zehn Minuten im Schulbus und schon pennt er. Was *dein* Traumberuf ist, habe ich gefragt?"

Widerwillig erwachte Anton aus seinem Dämmerschlaf. „Busfahrer", sagte er mit fester Stimme, „ein berühmter Busfahrer!"

Bei Ankunft Tod

Nervös tippte der dickleibige Walter Krause auf die Tastatur der halboffenen Telefonzelle im Flughafen. Neben dem Frühpensionär, ungeduldig auf einem Koffer hockend, seine Gattin Agnes: Eine reife Frau und Dame aus gutem Hause, die sich in ihren besten Jahren gewiss einer großen Zahl Verehrer hatte erwehren müssen. Ihre jugendliche Schönheit von einst schimmerte nur noch ein wenig durch den aufpolierten, nicht mehr ganz glatten Teint. Unbekümmerte Lebensfreude war verbittertem Eigensinn gewichen, der sich in zwei tiefen Stirnfalten abzeichnete.

Ein junger, sommerlich-leger gekleideter Puertoricaner mit Strohhut und Sonnenbrille wartete, bis die Telefonzelle frei wurde. Er war mit Krauses in derselben Maschine von der Mittelamerika-Rundreise angekommen.

„Hallo?", erkundigte sich der sonnengebräunte Krause am Telefon. „Ja, grüß dich, *Perl* ... äh Simone, hier ist Walter!", rief er entzückt. „Wir sind gerade gelandet. Ich wollte fragen, ob du uns vielleicht abholen könntest? Es sind doch nur wenige Minuten von dir bis zum Airport ... Wie? Ja, ja – das mit dem Hai war wirklich ein tolles Ding. Agnes hat einen schönen Schock bekommen." Herr Krause lachte gekünstelt und drehte sich dabei zu seiner Frau um. „Aber das habe ich ja ausführlich im Brief geschrieben ... Was, gestern erst angekommen? – Na ja, der Service lässt immer mehr nach. Dafür steigen die Preise ... Sicher, aber ..." Agnes gestikulierte ihm, dass sie sich Zigaretten holen wolle. Ihr Gatte nickte überschwänglich und setzte das Gespräch fort: „Natürlich würde ich nächstes Jahr wieder fahren. Schade, dass du nicht sehen kannst, wie braun ich bin", flirtete er, „und die herrliche Fahrt mit dem Boot im Vollmond über das Meer. Das muss man erlebt haben, um es zu verstehen!" Krauses Frau war nicht mehr zu sehen. Er beugte sich zum Telefon. Seine Stimme wurde ernst und gedämpft. „Hör zu, *Perlchen*, sie ist für einen Moment weg-gegangen. Das mit dem Hai hat nicht geklappt. Dein dubioser Tauchlehrer muss *beschränkt* sein. Beinah hätte es sogar *mich* erwischt. Alles wegen der Lebensversicherung ... Ja, ich weiß, zwei Millionen und der gesamte Besitz, weil sie – außer dir – die letzte eurer Familie ist!"

„... Aber Simone", tönte Walter gönnerhaft, wieder in gehobener Lautstärke, „macht nichts, wenn du uns nicht abholen kannst, nehmen wir eben ein Taxi – und alles weitere dann am Mittwoch ... Ja, genau."

Der Puertoricaner – inzwischen von dem langen Telefonat offensichtlich doch genervt – verschwand mit grimmigen Gesicht hinter einem

Reklameständer. Er holte ein Mobiltelefon hervor und wählte ... „Sie haben recht, Miss Agnes, *die* wollen Sie umbringen!", tuschelte er in das Gerät.

„Pah!", schrie Frau Krause am anderen Ende zornig. „Meine Cousine, dieses habgierige Früchtchen – und Walter, der Mistkerl!" Ihre Stimme zitterte vor Aufregung. „Carlos, Sie wissen, was Sie zu tun haben. Es muss aussehen wie ein *dummer* Autounfall. Ihr Geld bekommen Sie, sobald es erledigt ist – verlassen sie sich drauf!"

„Ich vertraue Ihnen, Miss Agnes. Und denken Sie daran: Er muss mir direkt vor den Wagen fallen – ein gelber Jeep."

„Er wird, keine Angst, Carlos ... Er wird!"

Kurze Zeit später verließen Herr und Frau Krause das Flughafengebäude. Mit zwei großen Koffern und einigen Umhängetaschen bepackt, stakste Walter Krause vornweg.

„Ganz schön schwer, was?", fauchte Agnes Krause. „Vor allem die vielen Geschenke für meine *liebe* Cousine, dieses billige Flittchen!" Sie schielte unauffällig zur nahen Straße.

„Wie ... was, du ...?", stotterte Krause unterwürfig.

„Ja-ich-weiß-über-euch-Bescheid!" Frau Krause verzog angewidert das Gesicht und *schoss* mit einen mächtigen Schritt auf ihren Mann zu. Der zuckte erschrocken zurück und stolperte über die an ihm herunterbaumelnden Taschen. Im Fallen griff Walter Krause reflexartig nach Agnes' Arm, zog sie dabei mit sich und stürzte mit ihr auf die Ausfallstraße des Flughafens. Der mit Tempo herankommende Geländewagen konnte nicht mehr ausweichen und rollte ungebremst über Krauses hinweg. Hastig sprang der Fahrer aus dem Auto. Er drängelte sich zwischen den Schaulustigen, die sich inzwischen um die Unfallopfer versammelt hatten, durch bis zu Krauses.

Agnes und Walter lagen regungslos auf dem Asphalt. Ein Krankenwagen kündigte sein Kommen mit lautem Signalhorn an. Der Fahrer des Unfallwagens löste sich wieder aus der Menschenansammlung und entfernte sich einige Meter. Er holte sein Mobiltelefon hervor und wählte ... „Simone? – Carlos hier. Du glaubst es nicht", sagte er leise, „wir haben beide zusammen erwischt!" – „Okay, nach dem Unfallprotokoll in deiner Wohnung. Tschau, meine Süße!"

Weidmannsdank!

Kühler, morgendlicher Tau liegt über den frischen, groben Schollen eines erst vor kurzem umgepflügten Ackers. Ein feiner, feuchter Nebel füllt in dicken Schwaden die schwere Luft.

Mit fragendem Blick nähern sich der Jagdaufseher und sein Münsterländer dem Kleinwagen, der, verlassen und halb in den Seitengraben gerutscht, am Rand der wenig befahrenen, waldnahen Landstraße steht. Der rechte Kotflügel des Wagens ist beschädigt, der Scheinwerfer zerborsten. Die Tür der Beifahrerseite steht weit offen. Das untere Ende hat sich einige Zentimeter ins Erdreich geschoben. Die Vordersitze sind blutverschmiert. Kleidungsfetzen liegen herum, und ein Bedienungshebel baumelt herausgerissen am Lenkrad. Unter den Pedalen klemmt ein Schuh. Im Beifahrersitz steckt ein langes Stück Zahn – der abgebrochene Hauer eines Wildschweins. Hier muss es einen Kampf auf Leben und Tod gegeben haben, denkt der Jäger bei sich, und ein Schauer läuft ihm über den Rücken.

Der Hund schnuppert aufgeregt im wuchernden Gras, bis er, heftig mit dem Schwanz wedelnd, ein haariges Knäuel unter dem Fahrzeug hervorzerrt. Ein struppiger, lebloser Tierkörper. Trotz Dreck und Blut sind die dunklen Längsstreifen gut zu erkennen – ein Frischling, höchstens zehn Wochen alt, schätzt der Jägersmann.

Als er sich nach vorn beugt, um den Kadaver zu greifen, blickt er in zwei starre, tote Augen. Der Fahrer hat in seiner Verzweiflung, als letzte Rettung, Schutz unter seinem Wagen gesucht. Vergeblich. Gesicht und Hals des jungen Mannes sind mit tiefen Risswunden überzogen, verursacht von den spitzen Eckzähnen eines Wildschweins. Der arme Kerl war offensichtlich mit dem Hosengurt an der Auspuffhalterung hängen geblieben und hat sich wohl deshalb nicht weit genug unter sein Fahrzeug verkriechen können. Unter seinen Fingernägeln haben sich feuchte Erde und kleine Büschel Tierborsten ins Nagelbett gepresst. An einer Hand fehlt der Zeigefinger und der Handrücken ist eine einzige große, schmutzige Wunde.

Eine Bache, die ihre Jungen in Gefahr wähnt oder gar eines verliert, kann zur Furie werden. Doch nie zuvor hat der erfahrene Jägersmann so etwas gesehen.

Aufgeschreckt vom Gebell seines wachsamen vierbeinigen Freundes fährt der Forstmann herum. Augenblicklich huscht seine Hand zur geschulterten Büchse, die er bei seinen Kontrollgängen stets mit sich führt. Kaum mehr als zehn Schritte entfernt, auf einem mit saftigem Grün überzogenen Hügel zwischen Straße und Wald, thront sie – majestätisch, bedrohlich, kolossal:

Eine riesige Wildsau, zu allem entschlossen, zum Angriff bereit!

Das Herz des Jägers pocht bis in die Schläfen. Hastig entsichert er seine Schrotflinte und bringt sie in Anschlag. Er hat sie genau im Visier, die aufgeregt schnaubende Muttersau, umringt von vier Winzlingen, die dicht gepresst an ihrem massigen Leib kauern, als wollten sie todesmutig ihrer Mutter bei einer Attacke beistehen.

Doch den Finger bereits am Abzug hält der Jagdaufseher mit einem Mal nachdenklich inne. Er senkt die Waffe mit ruhiger Hand.

„Weidmannsheil!", brummelt er halblaut und schaut huldigend hinüber zu der Sau. Dann streift der Jäger den Gurt mit seinem Gewehr wieder über die Schulter und macht sich auf, um den Verkehrsunfall ordnungsgemäß bei der Dorf- gendarmerie zu melden.

Das Wildschwein und ihre nervös hin und her trappelnden Frischlinge glotzen dem Jägersmann noch eine Weile misstrauisch hinterher. Dann verschwindet die Rotte in wildem Galopp im nahen Wald.

Lea

Die Arme galant in die Hüften gestützt, posierte die hübsche Studentin in der schwülen Sommerhitze an der Autobahnauffahrt. Die schlanke, junge Frau ließ ein Bein bis zum Knie aus dem seitlichen Schlitz ihres knöchellangen, mit bunten Blumenmustern bestickten Rockes ragen; an den nackten Füßen billige Sandalen. Das weiße, luftige Oberteil verhüllte notdürftig die hervorspringende Oberweite, die das Leibchen weit abstehen ließ, so dass Lea Baumeisters jugendlich flacher Bauch in der Sonne strahlte. Leas schwarz gefärbtes, volles Haar reichte bis zur Mitte ihrer schmalen, hellen Wangen. Ein hingebungsvoll zelebrierter Auftritt, mit in reichlich Rouge und Puder getauchter, natürlicher Schönheit. Die ein wenig ungelenk dargebotene Grazie erhöhte noch den Reiz der verlockenden und zugleich jungfräulich anmutenden Erscheinung der Zwanzigjährigen.

Quietschend und zischend kam der Kühltransporter zum Stehen. *Ewald - Fleischgroßhandel* war über die ganze Länge des Containers zu lesen. Hinter der Windschutzscheibe steckte ein Schild mit der Aufschrift *Kurtel*. Die Anhalterin eilte zur Beifahrerseite und streckte ihren Arm weit nach oben zum Türgriff. Sie zögerte einen Augenblick, den Riegelmechanismus zu betätigen und die Tür zu öffnen. Ihr Gesicht verfärbte sich zu einer blutleeren Blässe, und ihre Lippen bibberten, als ein Schütteln ihren Körper für Sekunden durchzuckte.

„Na, was ist nun?", rief der Fahrer, der Lea Baumeister vom Fahrersitz aus nicht sehen konnte. Er trat zwei-, dreimal auffordernd aufs Gaspedal.

Lea kramte mit zittrigen Fingern hektisch in der Seitentasche ihres Rucksackes, holte ein kleines Plastikfläschchen hervor, schüttete daraus eine unbestimmte Zahl Tabletten in ihre Hand und würgte sie alle in einem Rutsch herunter. „Moment, einen Moment bitte!", rief sie, in das laute Motorgeräusch und stützte sich mit der Stirn gegen das dicke Blech der Fahrzeugtür. Das Zittern ließ nach und die Blässe verflog beinah so rasch, wie sie gekommen war.

Die junge Frau öffnete die Beifahrertür, warf ihren Rucksack in den Wagen und kletterte auf den Sitz.

„Tut mir leid, mir war etwas runter gefallen", entschuldigte sich Lea und blickte dabei nur flüchtig zu dem Mann neben ihr.

Der breitschultrige, hoch gewachsene Fahrer, etwa vierzig Jahre alt, unrasiert, in abgetragenem, verschwitztem Unterhemd und kurzer Hose, antwortete nicht und verzog keine Miene. Ein kurzer Blick in den Rückspiegel, dann scherte er schon wieder auf die Straße ein, und das schwere Fahrzeug rollte die Autobahn entlang.

Lea Baumeister stützte sich mit den Füßen an der Frontkonsole ab. Der Rock rutschte zurück und ihre straffen Oberschenkel kamen zum Vorschein.

„Wo soll's denn hingehen?", fragte Kurtel und musterte dabei Lea von Kopf bis Fuß.

„Weiß noch nicht so genau. Wohin fahren Sie denn?"

„München, Einkaufszentrale."

„München ist herrlich!", rief Lea, „was dagegen, wenn ich mitkomme?" Sie legte ihre linke Hand um den Schaltknüppel, auf dessen Knauf die mächtige Pranke des Kraftfahrers ruhte. Der frische Fahrtwind blies durch die heruntergekurbelten Seitenfenster ins Innere des Wagens, fuhr der jungen Frau durchs Haar und wirbelte ihr Kleidchen wild hin und her.

„Nee, ist okay", antwortete der Fahrer lässig.

Der Lastwagen donnerte die schnurgerade Piste entlang, passierte einige Auf- und Abfahrten und von Ferienreisenden überfüllte Parkplätze. Ein verrottetes, durchgestrichenes Hinweisschild kündigte in fünf Kilometer Entfernung eine inzwischen stillgelegte Rastanlage „Sonnental" an.

„Auch'n Schluck?" Lea hielt ihrem Chauffeur mit der Rechten ihre frisch geöffnete Limonadendose hin, ihre Linke immer noch am Schalthebel.

Kurtel schielte zu seiner Beifahrerin und nahm die Dose. Unter dem Rockschlitz der jungen Frau, der bis zum gerafften Halteband reichte, war kein Höschen zu sehen, nur die weiße Haut am Ansatz ihres Hinterteils. Lea Baumeister beugte sich zum Fahrersitz, so dass sich ihr voller Busen ein gehöriges Stück aus dem Ausschnitt schob. Noch tausend Meter bis zur verlassenen Raststätte.

„Wie wäre es mit einer kurzen Pause in einem ruhigen, sonnigen Tal?" Lea grinste. Ihre Wangen hatten sich purpurrot gefärbt. Sie spürte, dass wieder ein leichtes Bibbern in ihr aufstieg und die feinen Muskeln und Nerven unter der Nase an ihrer Oberlippe zerrten. Schnell bedeckte die junge Studentin ihren Mund mit der Hand.

„Einverstanden." Der Fahrer glotzte verstohlen auf Leas einladendes Dekolleté. Er steuerte den Laster auf den ausgedienten Rastplatz und parkte am baufälligen Gemäuer hinter dem wuchernden Buschwerk der verwilderten Grünanlage.

Kurtel legte seinen Arm um seine Mitfahrerin. Doch die wand sich geschickt wie eine Schlange aus der Umarmung und holte eine Brotbüchse hervor.

„Ich brauch erstmal eine kleine Stärkung. Hier, Salami. Essen Sie auch etwas, sonst machen Sie noch schlapp!", befahl Lea eifrig kauend und grinste dabei verschmitzt. Der Mann grapschte gierig nach der Wurst, nahm sich dazu eine

Flasche Bier aus der Kühlbox hinter seinem Sitz und verschlang die Mahlzeit hastig. Dann packte er Lea Baumeister ohne Vorwarnung am Haarschopf und zog sie zu sich.

„Und wie geht's jetzt weiter?", fragte Kurtel gereizt. Die Grobheit, mit der er zugriff, trieb Lea Tränen in die Augen.

„Jetzt ...", Lea schluckte, „Jetzt will ich erstmal Ihre ungewöhnliche Fracht sehen, die Sie umherkutschieren!", antwortete sie trällernd, mit gespielter Fröhlichkeit.

„Ungewöhnlich?" Der Griff des Fahrers lockerte sich.

„Ja! Fleisch, Schweine ... tote Tiere. Also für mich ist das ungewöhnlich!" Lea Baumeisters Herz pochte.

„Was soll der Quatsch?", brummelte Kurtel, "Das hab' ich jeden Tag."

„Zeig mir erst deine Ladung und dann ..." Lea kicherte frech, hüpfte leichtfüßig aus dem Führerhaus und rannte zum Heck des Wagens. Der Fernfahrer folgte ihr zögernd aber mit vorgeschobener Brust, wie ein alter, eingebildeter Gockel, der seine Chance wittert, weil sich eine junge Henne zu ihm verlaufen hat. Unauffällig inspizierte er aus den Augenwinkeln die Umgebung. Kurtel öffnete die Ladetür. Ein Schwall kalter Luft strömte aus der Kühlkammer und wehte Lea Baumeister den eindringlichen, eisernen Geruch rohen Fleisches um die Nase. In zwei Reihen hingen Dutzende Schweinehälften an spitzen Fleischerhaken. Lea und der Fahrer bestiegen den Kühlraum. Kurtel zog die Tür hinter ihnen zu, die Notbeleuchtung schaltete sich ein. Er fasste Lea Baumeister von hinten um ihre schmale Taille. Eine Hand glitt abwärts über die Pobacken der Zwanzigjährigen.

„Heh, heh, was soll das?", fuhr Lea Baumeister den Fahrer brüskiert an und stieß ihn gegen die Brust, dass er fast rückwärts stolperte. „*Ich* bestimme, wann ich mich anfassen lasse und auch von *wem* – verstehst du? Du, du ... Mistkerl!" Leas Zittern und Bibbern war wie weggewischt.

„Na, so was", knurrte Kurtel, „auf einmal ziert sich die Kleine." Er versuchte Lea an den Schultern zu packen und an sich ziehen. „Ich weiß doch, was du willst ... Schlampe!"

„Nein!", schrie Lea entschlossen. „Ich will nicht, und du kriegst mich nicht!" Sie gab dem zudringlichen Fahrer eine deftige Ohrfeige und verletzte ihn dabei mit ihrem Fingerring an der Wange. Der raubeinige Geselle grinste nur einfältig und drängte die widerspenstige Studentin gegen einen halbhohen Tiefkühlschrank.

Verzweifelt stemmte sich Lea gegen den bulligen Kerl, der blitzschnell einen Gurt hervorkramte und ihr die Handgelenke zusammenschnürte. Dann hängte er Lea Baumeister an den

Handfesseln über der Kühltruhe an einen Fleischerhaken. Die junge Frau baumelte hilflos in
der Luft. Dabei ragte ihr Becken über die Vorder-
kante der Truhe hinaus. Mit einem Ruck riss
Kurtel Leas Leibchen in zwei Teile und zerrte ihr
den Rock herunter. Sie trat und spuckte nach dem
Rohling, der die Gegenwehr seines Opfers mit ein
paar derben Schlägen ins Gesicht im Keim
erstickte. Dann ließ er sich ein Stück weit in die
Knie sinken, drückte Lea die Beine auseinander
und zwängte sich mit dem Oberkörper zwischen
ihre Schenkel. Angewidert warf Lea den Kopf zur
Seite. Dabei stieß sie mit der Nase in die schmie-
rige Innenseite einer Schweinehälfte, die gegen
Leas entblößten Brüste klatschte und sie mit kleb-
rigem Exkret besudelte. Unter heftigem Würgen
spritzte sogleich das zuvor verspeiste Brot aus
Lea Baumeisters Mund und ergoss sich über ihren
Bauch und den Nacken des rücksichtslosen Wüst-
lings. Der fuhr wütend hoch und schlug Lea mit
der Faust auf den Brustkorb. Die junge Frau
schnappte nach Luft wie eine Ertrinkende. Unge-
rührt entledigte sich Kurtel seiner Hose und umklammerte mit seinen schwieligen Händen Leas
verschrammte Hüften.

Doch plötzlich verharrte Kurtel in der Bewe-
gung; Schweißperlen schossen ihm auf die Stirn.
Kraftlos fiel er gegen den besudelten Leib der
Studentin und blieb mit schmerzverzerrtem Ge-

sicht auf ihr liegen. Lea schob Kurtels massigen Körper mit den Füßen zur Seite und manövrierte sich strampelnd auf den Tiefkühlschrank, um die Hände vom Haken zu bekommen und ihre Fesseln lösen zu können.

Endlich befreit schnürte Lea Kurtel, der bei der kleinsten Berührung erbärmlich winselte, die Hände, warf den Riemen über den Eisenhaken, zog den Gurt straff und befestigte ihn an der Bordwand. Nun hing der Schurke gefesselt am Haken. Mit den Knien gerade noch so auf dem Boden abgestützt, wankte er in gelähmter Starre hin und her. Aus Kurtels schmerzverzerrtem Mund quoll schaumiger Speichel.

„Kurare! Das Pfeilgift der Indios!", hechelte die angehende Völkerkundlerin. Dabei streckte sie Kurtel ihre Hand mit dem Ring, an dem ein winziger Dorn zu sehen war, triumphierend vor seine von Panik erfüllten Augen. „Du hast wohl geglaubt, ich wäre eine leichte Beute für dich!" Lea Baumeister griff einen langen Rangierstab. „Da hast du's ... Du Schwein!", schrie sie zornig und stieß dem Unhold mit dem stumpfen Ende der Stange ungestüm in den Unterleib und die von Krämpfen gespannte Magengrube. Der Hüne stöhnte vor Schmerz. Seine Adern an Hals und Schläfen waren dick angeschwollen. Schließlich sank Lea erschöpft auf die Knie.

„Sie wissen nicht, wer ich bin", wandte sich Lea Baumeister nach einer Weile in ruhigem Ton zu ihrem Gefangenen hin. Sie streichelte mit der Hand ihren schmerzenden Leib. Kurtel tropfte Blut aus einer Platzwunde am Bauch und bildete auf dem glatten Metallboden des Kühlcontainers eine kleine Pfütze, „aber ich weiß noch genau, wer *Sie* sind. Wie könnte ich Ihren Namen je vergessen?" Leas Lider verengten sich zu schmalen Schlitzen. „Kurt Schmolke! – Oh, es war leicht, Sie zu finden", antwortete sie zittrig lachend, ohne dass Kurtel gefragt hatte, was ihm in seinem Zustand auch unmöglich gewesen wäre. „Der gleiche Job, die gleiche Tour ..." Lea Baumeister legte ihre Hände für einen Augenblick über ihr Gesicht.

Kurt Schmolke rollte die Augen und gab flehende Laute von sich. Doch Lea nahm keine Notiz davon.

„Sie haben mich schon einmal vergewaltigt!", schrie Lea Baumeister hysterisch heraus und schluchzte: „Vor zwei Jahren – in Ewalds Schlachthof! Ich arbeitete dort während der Schulferien. Sie warteten, bis die Letzten der Spätschicht gegangen waren und dann sind Sie über mich hergefallen, als wäre ich eine Puppe – ein Spielzeug, über das man nach Belieben verfügen kann. Ein schwaches, wehrloses Opfer, über das Sie sich Gewalt verschaffen konnten!"

Leas Herz pochte aufgeregt. „Sie ... Sie elender Wicht!", brüllte sie voller Verachtung, und ihre Stimme überschlug sich dabei.

Kurt Schmolke versuchte zu sprechen, doch mehr als wimmerndes Röcheln brachte er nicht hervor.

"Auch damals knebelten Sie mich, hängten mich zwischen die toten Tierleiber und ..." Dicke Tränen rannen Lea über die Wangen. „Bis heute habe ich dieses grauenhafte Erlebnis, den Schmerz und die Demütigung in mich rein fressen müssen. Meine Mutter wollte davon nichts hören. Und mein Vater – der hätte mich totgeschlagen, hätte er davon erfahren! – Niemals hätte er diese Schande ertragen: Seine Tochter von einem Taugenichts ver... Ich war verzweifelt ... am Ende. Fast hätte ich mich selbst umgebracht. Doch irgendwann … irgendwann wurde mir klar ... Ich habe nur eine Chance:

Nur wenn ich alles noch einmal durchlebe, kann ich wieder meine Selbstachtung und inneren Frieden zurückgewinnen, mein Herz von allem Hass befreien und vielleicht ...", Lea zögerte nachdenklich, „*vielleicht ein neues Leben beginnen – wenn i c h dieses Mal den Ausgang des Geschehens bestimme ... Jawohl!*"

Lea glaubte, in Kurtels verzerrten Gesichtszügen ein Grinsen zu entdecken. Wütend sprang sie auf und stürzte so ungestüm auf Kurtel zu, dass sie mit ihrer Nase gegen seine stieß. „Sie finden das zum Lachen? – Dass Sie's wissen: Ich habe es geschafft!"

Wortlos schlüpfte sie in ihren zerfetzten Rock und bedeckte verschämt ihren Busen mit der zerrissenen Bluse. Schmolke brabbelte einige unverständliche Laute vor sich hin. Dabei liefen einige Tränen über seine Wangen. Lea Baumeister löste Kurtels Fesseln. Er fiel zu Boden wie ein Sack Kartoffeln, unfähig auch nur die geringste kontrollierte Bewegung auszuführen. Lea stellte sich über den Vergewaltiger.

„Ich habe keine Angst mehr vor Ihnen!" Leas Stimme war jetzt nüchtern und kalt. Die junge Frau kniete sich nieder und legte ihre Wange an die von Kurtel. Lea konnte den kalten Schweiß auf seiner Haut spüren und riechen. Kurt Schmolke hatte Todesangst.

"Ich werde jetzt gehen.", flüsterte Lea kalt, „Das Gift wird Sie töten, wenn Sie nicht rechtzeitig ein Gegenmittel verabreicht bekommen!"

Schmolke riss entsetzt die Augen auf, versuchte sich aufzurappeln. Doch seine Arme und Beine gehorchten ihm nicht. Kurtel drehte den Kopf, so gut er konnte, starrte die junge Frau flehend an und gurgelte einige unverständliche Silben.

Lea packte ihn am Kinn und flüsterte drohend: „Vergiss mich nie – und komm mir nie mehr im Leben in die Quere! Hast du verstanden? Oder ich

..." Sie ließ Kurtels Kopf los, der dumpf auf den harten Boden der Ladefläche schlug.

Lea Baumeister fasste in ein Täschchen, dass in den Bund ihres Rockes eingenäht war und holte eine bereits aufgezogene, kleine Spritze hervor. Sie entfernte die Schutzkappe über der dünnen Nadel und injizierte Kurt Schmolke den wässrigen Inhalt in die hervorquellende Vene seines Armes. „Es wird noch eine Weile dauern, bis Sie wieder aufstehen können. Wenn Sie Glück haben, bleibt nichts davon zurück."

Die junge Frau stieg aus dem Kühlwagen und nahm ihren Rucksack aus dem Führerhaus. Dann stakste Lea mit schmerzenden Gliedern über einen Trampelpfad hinter dem Gebäude des Rasthofs zur ausgedienten Lieferantenzufahrt, wo sie ihr Auto am Abend zuvor abgestellt hatte.

Am Lenkrad abgestützt ließ sich die Studentin müde auf den Sitz plumpsen. Sie schaute prüfend an sich herab und betrachtete sich im Rückspiegel. Der funkelnde Hass war aus ihren Augen gewichen. Lea Baumeister lächelte zufrieden. Sie startete ihren Wagen und verließ diesen Ort.

Trilogie einer Freundschaft

Die Stimme meiner Sekretärin im Vorzimmer wird laut und energisch. Seit wir vor kurzem eine Ausbildungsstelle für das kommende Jahr ausgeschrieben haben, hat der Stapel Bewerbungen auf ihrem Schreibtisch binnen weniger Wochen eine beängstigende Höhe angenommen. Das Telefon steht kaum mehr still. Unsere *arme*, alte Frau Gösebrecht. Sie gehört sozusagen zum *lebenden* Inventar der Firma. Als ich das mittelständische Im- und Exportunternehmen vom Vorbesitzer übernahm, bestand er darauf, dass ich seine Chefsekretärin – Frau Gösebrecht – weiterbeschäftige.

Ich war von dieser Vorbedingung natürlich nicht übermäßig begeistert – wer lässt sich in seinem eigenen Geschäft schon gerne vorschreiben, wen er beschäftigen soll? Doch ich hatte Frau Gösebrecht als Mensch recht bald lieben und ihre Erfahrung als rechte Hand der Unter-nehmensleitung schätzen gelernt. Inzwischen – ich führe meine Firma mittlerweile schon etwa fünfzehn Jahre – ist sie eine im letzten Abschnitt ihres Berufslebens stehende reife Dame. Aber was die sich ständig wandelnden Arbeitsbedin-gungen der Geschäftswelt betrifft, ist sie jung und anpassungsfähig geblieben. Ihren scharfen Augen und ihrem kühlen Verstand entgeht nichts; und sie weiß noch, was es bedeutet, Etikette zu be-wahren. Gösi, wie sie von ihren Kollegen und Kolleginnen auch liebevoll genannt wird, ist ein herzensguter Mensch. Doch sie ist ebenso jeder-zeit im Stande, ihren *Mann zu stehen* wie ein Fels in der Brandung. Es kommt äußerst selten vor, und es muss schon wirklich *dicke* kommen, aber man hat unsere Frau Gösebrecht auch schon als tobende Furie erlebt; und im Augenblick scheint es so, als sei ihr Gemüt auf bestem Wege, einen solchen Zustand zu erlangen.

Auf dem Display meines Telefonapparates werden alle Leitungen als *frei* angezeigt. Also muss sich der Grund für die Erregung meiner eisernen Sekretärin in ihrem Bürozimmer befinden. Eine Person, die Gösi mit aller Macht abzuwimmeln versucht. *Ich hätte keine Zeit und überhaupt – ohne Termin sowieso nicht ...* Ich schließe die Unterschriftsmappe vor mir auf meinem Schreibtisch und spitze die Ohren. Neben Frau Gösebrechts aufbrausendem Organ dringt ein sanftes, weibliches Stimmchen durch die geschlossene Tür. In meiner Vorstellung entsteht das Bild eines jungen, liebreizenden Fräuleins, das Frau Gösebrecht, die sich regelrecht in Rage geredet hat, ohne Argwohn aber beharrlich widerspricht.

„Nein, es müsste jetzt gleich sein ... Bitte – wenn Ihr Chef da ist!", sagt das Stimmchen.

Ich muss gestehen, der Disput im Vorzimmer amüsiert mich ein wenig, und die Neugier treibt mich, zu erfahren, wer es wagt, sich mit Frau Gösebrecht anzulegen. Durch die Gegensprechanlage erkundige ich mich geschäftig, *was da drau-ßen vor sich geht.*

„Chef ... äh ...", ich muss grinsen. *Nie* betitelt mich Frau Gösebrecht mit *Chef*! Stets nennt sie mich beim Namen. Sie bemerkt ihren Fauxpas und antwortet zittrig: „Herr Ringelsteg, eine Bewerberin ... Sie will unbedingt ... ohne Termin ... Jetzt sofort!"

Ich schweige einen Moment. Dann befehle ich gespielt mürrisch, in *Chef-Manier* durchs Mikrofon, dass *sie* reinkommen soll. Schnell klappe ich die Unterschriftsmappe wieder auf, greife meinen Füllfederhalter und lese in irgendeinem Ge-schäftsbrief. Die Tür öffnet sich ohne Anklopfen und jemand betritt kaum hörbaren Schrittes den Raum.

„Setzen Sie sich", sage ich und deute, ohne von der Mappe aufzuschauen, mit meinem Schreibstift auf die Sitzgarnitur rechts neben der Bürotür, „und schließen Sie bitte die Tür."

Ich vertiefe mich doch noch eine kurze Weile in den Geschäftsbrief, lese ihn zu Ende und unter-schreibe. Dann schließe ich die Unterschriftsmap-pe und schaue neugierig zur Sitzgruppe.

Mein Herz macht einen Sprung. Mein Mund wird für Sekunden staubtrocken, und im nächsten Moment schießt mir wieder ein Schwall Spucke auf die Zunge. Aus meinem tiefsten Inneren steigen für immer vergessen und verloren geglaubte Erinnerungen auf. Wie bei einem wundervollen Gemälde, mit akribisch aufgetragenen, vollendeten Federstrichen, erblühen vor meinen Augen Bilder Kraft spendender, schöner Momente. Aber auch solche der Plagen, die von Kindesbeinen an unseren Wünschen und Träumen nagen.

Ich – hier, Ende Dreißig, lebensfroher Junggeselle, wenn auch noch weit entfernt vom *alten Herrn*, doch schon in Gesicht und Herz von den Höhen und Tiefen des Lebens ein wenig gezeichnet. In die Seele geritzte Male, jedes mit seiner eigenen kleinen Geschichte. Winzige Fältchen in der unmerklich träge und müde werdenden Haut. Das Haar hier und da schon etwas licht, in einigen, vereinzelten Strähnen schon grau geworden ... Und dort, mir gegenüber, *sie*: jung und so erfrischend lebendig, dass es einen blendet. Ein Geschöpf Gottes von solcher Anmut und leuchtender Klarheit, dass einem, von seinem innigen Blick berührt, ein wohliger Schauer über den Rücken krabbelt. Doch spürt man ebenso deutlich den festen Willen der vor Lebenskraft strotzenden jungen Frau. Und dann noch die verblüffende Ähnlichkeit mit *ihr*. Die Zeit hat die

Bilder in meinem Gedächtnis zu lückenhaften Fragmenten werden lassen. Doch jetzt scheint es, als ließe sich mit einem Mal jedes noch so kleine fehlende Detail in meinen Erinnerungen an einen lieben Menschen mühelos ergänzen, wenn ich nur genau hinüberschaue zur Besucherin in meinem Büro.

Die Uhr an der Wand schlägt zur vollen Stunde und holt mich aus meiner Verklärung zurück in die Realität. Elf Uhr. Ich verfolge den Weg des Sekundenzeigers: Tack, Tack, Tack – aus. Der Zeiger bleibt stehen. Bei Gelegenheit muss ich die Batterie erneuern, denke ich bei mir und richte meine Aufmerksamkeit wieder auf meine Besucherin. Ich gehe zur Sitzgruppe und lass mich mit vornehmer Eleganz auf einem der lederbezogenen Sessel nieder.

Sechzehn, nein, fast siebzehn müsste sie jetzt sein. Sie trägt ein dunkles, kurzärmeliges T-Shirt, eine enge, ebenfalls dunkle Jeans, ist etwa einssiebzig groß, gerade noch schlank, hat wenig Taille und schmale Schultern. Ihre Gesichtszüge sind fein und ihr Teint hell. Das glatte schwarze Haar fällt ihr auf einer Seite über die Wange und reicht ihr bis weit über den kleinen Busen. In einem Nasenflügel glitzert ein winziger Brillant. Sie verfügt weder über die oberflächliche Schönheit noch über die oft ohnehin nur vorgegaukelte Finesse eines Models. Sie ist nicht hoch gewachsen, hat keine endlosen Beine, nicht die Formen, nach denen sich Männer gerne umdrehen – aber dennoch: Sie ist hübsch. Eine Prinzessin, ausgezogen in die große, weite Welt, guten Mutes und mit reichlich guten Vorsätzen fürs Leben in ihrem Herzen. Ihr Lächeln, süß wie Honig und spitzbübisch zugleich, für einen jungen, unerfahrenen Mann ihres Alters gewiss nicht ungefährlich. Ihre dunkelbraunen Augen versprühen das Funkeln einer Heldin; rastlos und unbeirrbar in ihrem Glauben an das Gute, die Liebe und sich selbst. Wie ihre Mutter. Die leicht abstehenden Ohren, die an der Spitze rund geformte, schmale Nase. Selbst der linke, schiefe Schneidezahn stimmt.

Die junge Dame erhebt sich von der Couch, stellt sich höflich vor und verkündet ohne große Umschweife, dass sie einen Ausbildungsplatz suche und um viel Hin und Her zu vermeiden, gleich zu einem persönlichen Gespräch gekommen sei. Sie erzählt in unbefangener Freimütigkeit – ohne zwischendurch auch nur einmal richtig Luft zu holen, dass ihre Großeltern – die Eltern ihrer früh verstorbenen Mutter, bei denen sie viel Zeit verbringe, da sie mit ihrer Stiefmutter nicht so gut auskäme – ihr empfohlen hätten, sich bei meiner Firma zu bewerben, weil ich und ihre Mutter in unserer Kindheit wohl sehr gute Freunde gewesen seien und sie sich dadurch vielleicht einen kleinen Vorteil verschaffen könne. – Fertig!

Hannah Weishaupt, der ihre Aufregung anzumerken ist, atmet tief durch. Ich gehe hinüber zu meiner kleinen Büro-Bar, schenke meiner Besucherin etwas Sprudel ein, stelle es wortlos auf den Tisch und setze mich wieder auf einen der Sessel. Hannah leert ihr Glas in einem Zug. Die Kohlensäure in ihrem Magen sucht eilig seinen Weg nach draußen, mit einer Heftigkeit, die Hannah trotz großer Bemühung nicht zu unterdrücken vermag. Ihr Gesicht färbt sich vom Kinn bis zum Haaransatz krebsrot.

Ich stimme Hannah Weishaupts Überlegung und ihrem Entschluss, sich persönlich vorzustellen, entzückt zu und bitte sie, einen Bewerbungsbogen auszufüllen, bevor wir mit dem Gespräch fortfahren. In der Zwischenzeit würde ich noch einige geschäftliche Unterlagen durchsehen. So kann ich Zeit gewinnen, um Hannah Weishaupt in Ruhe zu betrachten.

Hannah nimmt den Fragebogen und schaut noch einmal zu mir. Wir lächeln beide. Dann richtet sie ihren Blick auf die vor ihr liegenden Blätter. Während Hannah Weishaupt die Fragen durchliest, drückt sie das stumpfe Ende ihres Bleistiftes, den sie aus ihrer Handtasche hervorgeholt hat, gegen ihre schmalen Lippen. Emsig, zielbewusst und unkompliziert, dabei oft in beinah entrückt anmutende Schweigsamkeit getaucht. Wie ihre Mutter. Ute Luttmanns: Wenn alles Notwendige gesagt war, gab es keinen Grund, ein Gespräch mit Belanglosigkeiten unnötig zu verlängern. Doch das war nur ein Teil von Ute Luttmanns. Sie konnte auch etwas *verbergen*. Aber hatte Ute sich etwas in den Kopf gesetzt, wurde es meist auch ausgeführt. Jedenfalls setzte sie alles daran. Und wenn Ute Luttmanns es für angebracht hielt, ließ sie auch mal etwas ohne eindeutiges Ergebnis, ohne Entscheidung über eine mögliche Fortsetzung zu Ende gehen. So wie damals bei der Filmvorführung ...

Etwa achtzehn Jahre müsste es jetzt her sein. Ich weiß nicht, warum ich mir die Eintrittskarte gekauft hatte. Vermutlich aus Sentimentalität, in Erinnerung an *alte Zeiten*. Ich meine die Zeiten, in denen es sich für Heranwachsende schickt, bei jeder sich bietenden Gelegenheit, ihre Abnabelung aus dem Familienverbund zu belegen. Die durch die Volljährigkeit endlich erworbene, schier grenzenlos erscheinende Selbstbestimmung stolz zu demonstrieren. Obwohl diese meist noch mehr von jugendlicher Trotzigkeit als gereiftem Verstand gekennzeichnet und von aufsässiger Protesthaltung und waghalsigen Unternehmungen geprägt ist. So gehörte es auch zum guten Ton, sich in von den Stadtvätern zur Verfügung gestellten, mit ausrangiertem Mobiliar eingerichteten Räumlichkeiten zum gemeinsamen Genuss gesellschaftskritischer Filmkunst zu versammeln.

Das aufgeregte Schnattern von über hundert Jugendlichen und jungen Erwachsenen meines Alters – ich war damals Anfang Zwanzig – füllte den Hauptsaal im schmuddeligen Jugendzentrum eines unserem Dorf nahen Provinzstädtchens. Ein Ordner wies mit lauter Stimme aber in übermäßig lässigem Tonfall die Besucher an, sich auf den Boden zu setzen, weil dann – ohne Stühle – mehr Leute reinpassen würden. Folgsam, wie eine Herde Schafe, hockten wir uns auf die ausgetretenen, schmutzigen Dielen. Gegen die angewinkelten Beine der hinter einem sitzenden Person gelehnt, war es sogar recht bequem. Eine etwa zwei Schritte vor mir sitzende Besucherin schaute sich nach hinten um, lächelte kurz und grüßte mich mit einem freundlichen *Hallo*, das ich, ebenfalls lächelnd, erwiderte. Flink robbte sie auf ihrem kleinen, runden, durch den robusten Stoff ihrer Jeans geschützten Hintern rückwärts zu mir und legte sich gegen meine Unterschenkel. Mein Gott, dachte ich, das ist Ute, Ute Luttmanns! Seit unserer Kindheit hatte ich sie nicht mehr gesehen.

Die schweren, grauen Vorhänge des improvisierten Vorführsaales wurden zugezogen, das Licht abgedunkelt. Erwartungsvolle Stille verbreitete sich im Raum. Dann war es endlich so weit. Die Filmvorführung begann. Auf der schneeweißen Leinwand – ein altes, verknittertes Bettlaken – flimmerte, mit knisterndem Lautsprecherton, ein mit mehreren Preisen ausgezeichneter Krimi. Doch es fiel mir schwer, der Handlung zu folgen. Kindliche Erinnerungen drängten sich mir in den Sinn: Wir wohnten im selben Dorf, in derselben Straße – ein Neubauviertel am Waldrand der Dreitausendseelengemeinde. Ich hatte gerade meinen siebten Geburtstag gefeiert, als wir unser Haus bezogen. Ute, ein Jahr jünger als ich, lebte bereits seit kurzem dort. Schon bald wurden wir gute Freunde und verbündeten uns insgeheim gegen den *zweifelhaften* Ruf unserer beider Familien, der uns zeichnete, wie ein Kreuz auf der Stirn: Mein Vater lebte seine exzessive Trunksucht in aller Öffentlichkeit schamlos aus; Utes Vater soll in einem Anfall unbändigen Jähzorns einen für seine Streitsucht bekannten Arbeitskollegen – angeblich völlig grundlos – krankenhausreif geschlagen haben. Gesprochen haben wir nie darüber.

Auf dem nahen Spielplatz tollten Ute und ich oft gemeinsam mit anderen Kindern herum. Wenn wir uns auch hin und wieder zankten, so bestand doch über Jahre eine stille Bande der Freundschaft und des Vertrauens zwischen uns, die sich erst durch Wechsel auf verschiedene, weiterführende Schulen langsam löste.

Der Film nahm einen dramatischen Verlauf. Ein sympathischer, aber dennoch habgieriger Geschäftsmann wurde entführt. Und kaum wahrnehmbar rutschte die alte Spielkameradin auf meinen Beinen, die ihrem Druck zu den Seiten hin nachgaben, nach unten. Ute schmiegte sich rücklings an meinen Körper, mit ihrem Kopf unmittelbar unter meinem Kinn. Ich fühlte ihre Wärme und in meiner Hose wurde es so eng, dass es schmerzte. Doch Ute, aus der eine hübsche und attraktive junge Frau geworden war, schien meine Regungen, deren Heftigkeit mir peinlich wurde und mir Schamesröte in die Wangen schießen ließ, nicht zu bemerken. Ute Luttmanns räkelte sich nur ab und zu sehr behutsam. Genussvoll atmete ich ihren süßlichen Duft ein, der aus dem Kragen ihrer Bluse, durch das schulterlange, schwarze Haar drang. Ich träumte, erinnerte mich an weit zurückliegende Tage kindlicher Nähe; aber in mir schwelte auch der Wunsch nach zärtlicher Berührung.

Lautes Krachen aus den Lautsprechern schreckte mich auf. Der Film war zu Ende, der Entführte zwar arg lädiert aber befreit und von seiner egoistischen Raffgier offensichtlich geheilt.

Grelles Deckenlicht stach in die Augen. Ute sprang hastig auf und drängte im aufkommenden Gewühl zur Tür. Ich fragte mich, ob ich für sie nur irgendein alter, fast vergessener Bekannter gewesen war, den sie als bequeme Rückenstütze benutzt hatte und blieb noch einen Moment sitzen. Nachdenklich schaute ich der jungen Frau hinterher. Dann erhob auch ich mich und zwängte mich in die Schlange zum Ausgang. Bereits die halbe Länge des Saales von mir entfernt, wandte sich Ute Luttmanns noch einmal um und verabschiedete sich mit einem weichen Blinzeln. Dieser freundschaftliche und liebe Augenschlag, mit dem sie sich früher so oft von mir wortlos bis zum nächsten Tag verabschiedet hatte – da war er wieder! Ich konnte es ganz deutlich in ihren Augen erkennen. Unsere Vertrautheit von einst hatte all die Jahre überdauert, wie ein verborgener Schatz! Ja, sie wusste genau, wer ich bin und teilte meine Gedanken! Ein warmer Schauer rann mir durch den Magen. Sollte ich ihr nacheilen, der alten Zeiten willen? Doch was sollte ich sagen? Wäre es ihr recht? Ich zögerte. Nein, dachte ich bei mir, alte Spielgefährten sollten ihren Platz neben anderen schönen Erinnerungen behalten. Denn nur dort widersteht ihr Glanz dem Grau des Alltäglichen. Auch Ute wollte es so – bildete ich mir jedenfalls ein. Ich verlor sie aus den Augen. Doch es sollte nicht unsere letzte Begegnung sein.

„Fertig!" Erschrocken zucke ich zusammen. Ein paar Blätter wedeln vor meinem Gesicht. Ich bin für einige Augenblicke völlig in Erinnerungen abgetaucht gewesen. Ich nehme die Fragebögen und erkundige mich, ob meine vorwitzige Bewerberin glaubt, dass ihr der angestrebte Beruf Spaß machen würde. Etwas Besseres fällt mir nicht ein, um meine Verlegenheit zu überspielen. Hannah Weishaupt geht jedoch nicht auf meine Frage ein.

„Können Sie sich noch an meine Mutter erinnern?", fragt sie.

„Ob ich mich an Ute ...? Aber selbstverständlich!" Nervös zünde ich mir eine Zigarette an und nehme einen kräftigen Zug. „Wie könnte ich jemals deine ... Entschuldigung, ich meine *Ihre* ..."

„Nein, nein, bitte sagen Sie *Hannah* zu mir."

Das Telefon klingelt. – „Jetzt nicht, Gösi ... äh, Frau Gösebrecht, sagen Sie, ich sei erst morgen wieder im Büro – und bitte keine Anrufe mehr durchstellen. – Danke." Ich spüre, dass mich Hannah genau beobachtet hat.

„Möchtest du dir unseren Betrieb anschauen?", frage ich. – Keine Antwort.

„Ich muss gestehen, Herr Ringelsteg, ich bin ..."

„Nein, bitte ... *Ludwig*, ich bin Ludwig. Du musst wissen, deine Mutter und ich, wir waren sehr gute ..."

„Ja, ich weiß, Ludwig. – Also, was ich sagen wollte: Ich bin nicht nur wegen einer Lehrstelle gekommen. Schon, ich suche auch eine ... Aber eigentlich war es ein Vorwand."

"Ein Vorwand?" Gedanken kreisen wild in meinem Kopf. Was weiß Hannah von Ute und...? "Ich versteh nicht?", frage ich verdutzt nach und versuche, einen gelassenen Eindruck vorzutäuschen.

Hannah hockt sich vor mir auf den Couchtisch und grinst verschmitzt. Gibt es etwas Unerträglicheres, als von jemandem so hinterlistig, wie ich es eben gerade erlebe, angegrinst zu werden, ohne die geringste Ahnung zu haben, womit man eine solch scheinheilige Nettigkeit verdient? Diese Art, triumphierend zu lächeln – wie ihre Mutter.

Ute Luttmanns war gleich zu Beginn ihres Jura-Studiums in die etwa eine Autostunde entfernte Universitätsstadt gezogen, in die Studentenwohngemeinschaft ihres einige Jahre älteren Freundes. Er studierte an der gleichen Universität. Seine wohlhabenden Eltern hatten in unserem Heimatort ein Haus gekauft. Es war wohl die große Liebe. Denn irgendwann heirateten Ute und er: Kasimir Weishaupt. Ein sympathischer, gutmütiger Mensch freundlicher Natur. Etwas nervös und sehr sensibel, was er mit kleinen Witzeleien und doppelbödigen Spitzen gern überspielt. Kein Wichtigtuer, der sich wegen seiner außerordentlichen Intelligenz über andere stellt. Ein zielstrebiger Realist, wenn erforderlich. Aber sonst, trotz seiner von großer Anforderung an Verstand und Sachlichkeit geprägten Arbeit als Anwalt und Teilhaber einer renommierten Kanzlei, ein angenehmer, warmherziger Zeitgenosse. Nur selten haben sich unsere Wege gekreuzt, und von den tragischen Ereignissen vor gut sechzehn Jahren abgesehen nur ein einziges Mal zusammen mit Ute ...

Es war an einem schon recht warmen, sonnigen Samstagmorgen im März, einige Wochen nach der Begegnung bei der Filmvorführung in dem Jugendzentrum. Ich nutzte das herrliche Wetter, um endlich die Sommerreifen auf meinen Wagen aufzuziehen, den ich auf der Straße direkt vor unserer Haustür geparkt hatte. Ich hatte mich gerade auf die Pflastersteine des Gehsteiges ge- kniet und war mit dem Oberkörper halb unter das Fahrzeug getaucht, um eine günstige Stelle zum Ansetzen des Wagenhebers zu suchen, als mir eine Hand zart über den Rücken strich. Vorsichtig manövrierte ich mich mit dem Kopf wieder unterm Auto hervor, richtete mich auf und schaute nach rechts, die abschüssige Straße hinab. Niemand zu sehen. In der anderen Richtung entfernte sich mit großen Schritten meine alte Spielgefährtin. Ute Luttmanns. Sie drehte sich noch einmal zu mir um und winkte. Vermutlich besuchte sie ihre Eltern, nur übers Wochenende, denn Semesterferien waren zu dieser Zeit keine. Auch ich hob die Hand zum Gruß, bevor Ute hin- ter der nächsten Straßenecke verschwand.

Bis zum Nachmittag hatte ich die Reifen montiert. Nach einer wohltuenden Dusche, die Hose nur notdürftig übergezogen, das Hemd offen, legte ich mich faul auf meine Bettcouch. Ich schaltete den Plattenspieler ein, auf dem noch eine Scheibe mit melancholischer Rockmusik vom Abend zuvor lag. Ein Freund aus der Redaktion der Lokalzeitung war mir beim Entwurf eines Werbekonzeptes für das Unternehmen, bei dem ich in der Marketingabteilung ein Praktikum absolvierte, behilflich gewesen. Irgendwann hatten wir die Lust verloren und den Abend gemütlich, bei gedämpfter Musik und schummrigem Licht, mit ein paar Bierchen ausklingen lassen.

Die harmonischen Klänge und die warmen Sonnenstrahlen, die mir durch das geöffnete Fenster auf die Wange schienen, verschafften mir ein wohliges Gefühl. Ich döste vor mich hin, genoss meine angenehme Müdigkeit und die frische Frühlingsluft.

„Ja, ja, Ludwig ist oben", drang die freundliche Stimme meiner Mutter aus dem Erdgeschoss zu mir in die Dachetage, „geh nur hinauf!", trällerte Mutter, offensichtlich überaus angetan von dem unangekündigten Besuch, der mit dumpfen Schritten die Treppe herauf kam. Die Tür ging ohne Anklopfen. Ein liebes, aber nur *beinah* herzliches Lächeln stand auf ihrem mit winzigen Sommersprossen bedeckten, hübschen Gesicht. Die Spitze ihrer kleinen Nase ragte vorwitzig in die Luft. Einer der vorderen, großen Schneidezähne stand nicht so ordentlich in der Reihe, wie er sollte. Doch das schadete ihrem Antlitz keineswegs Im Gegenteil. Es unterstrich die Standhaftigkeit ihres sonst so zarten Wesens. Die langen, schwarzen Haare bedeckten Ute Luttmanns' ein wenig abstehenden Ohren.

Erst als sie den Raum betrat, sah ich die Sektflasche, die sie hinterrücks in der Hand hielt. Ich war wieder hellwach und freute mich über Utes Besuch, der mich allerdings etwas überraschte. Als Kinder waren wir so oft gemeinsam auf dem nahen Spielplatz und den zahlreichen Baustellen unseres Neubauviertels unterwegs gewesen, waren herumgetollt, hatten die Köpfe zusammengesteckt und uns Geheimnisse ins Ohr getuschelt. So mancher, der es nicht besser wusste, konnte uns leicht für liebe Geschwister halten. Was unserem Gefühl zueinander auch am ehesten entsprach. Aber das alles war lange her und bei ihr oder bei mir Zuhause hatten wir uns nie verabredet; und vor der Begegnung im Jugendzentrum hatten Ute und ich uns bereits seit Jahren nicht mehr gesehen. Ich wuselte an meinem Hemd herum und schaffte es nach einigen Versuchen wenigstens zwei Knöpfe zu schließen.

„Hallo." Ihr Tonfall war ruhig und freundlich.

„Äh ... Hallo", antwortete ich nervös und wenig einfallsreich, was Ute kaum störte, denn bekanntermaßen hat Ute Luttmanns selbst schon früher nur dann gesprochen, wenn es etwas zu sagen gab, was wirklich von Bedeutung war. Wenn zum Beispiel die überaus wichtige Frage geklärt werden musste, wer beim Indianerspielen den heroischen Häuptling, wer seinen ehrenhaften Blutsbruder spielen durfte und wer die Rolle der bleichgesichtigen Schurken übernehmen sollte. Kein albernes Gekicher oder lästiges Gezeter. Ute spitzte die Ohren wie ein Luchs, wog blitzschnell ab, was das Beste wäre, um rasch zum Spiel zu kommen und entschied kurzerhand für alle Beteiligten mit, was auch meistens klappte. Wenn nicht, gab es ein bisschen Gezanke oder ein harmloses Gerangel, bis man sich geeinigt hatte. Keine langen Vorreden, kein endloses Palaver. Ute Luttmanns wusste meist, was sie wollte, wenn sie auch nicht immer gleich damit herausrückte.

Ute, mit einer blauen Latzhose bekleidet, setzte sich auf meinen unaufgeräumten Schlafplatz. Die junge Frau grinste – verschlagen, so kam es mir für einen Augenblick vor, während sie mit ihren kurz geschnittenen, unlackierten Fingernägeln die Folie am Flaschenhals abpulte.

„Irgendwo gibt's hier auch Sektgläser", bemerkte ich mit übertriebener Beiläufigkeit. Dabei pochte mein Herz heftig in meiner Brust. Betont gemächlich verließ ich das Zimmer und zog die Tür sachte hinter mir zu. Doch im nächsten Moment polterte ich umso eiliger hinab ins Parterre, um mir aus dem Wohnzimmerschrank meiner von meinem Eifer verblüfften Mutter zwei ihrer wertvollen Kristallgläser zu borgen.

Mit lautem *Plopp* flog der Korken in hohem Bogen aus dem Fenster. Ich verfolgte mit den Augen die Flugbahn des Stopfens. Ute Luttmanns grinste wieder. Aus der Flasche sprudelte roter Schaumwein. Schnell schenkte Ute ein. Ich setzte mich zu ihr aufs Bett und wir prosteten uns zu. Ich hatte nicht die leiseste Ahnung, warum sie gekommen war und auf wen oder was wir überhaupt tranken. Wortlos leerten wir unsere Gläser und stellten sie auf dem Nachttisch ab. Ute sah mich an, ich sah Ute an. Dann legten wir die Arme umeinander und küssten uns. Utes feuchte Zungenspitze berührte meine, und ich schmeckte das Aroma hochprozentigen Alkohols in ihrem Mund, das der perlige Sekt nicht zu überdecken vermochte. Was mich betraf, so gab es niemanden, dem ich irgendetwas hätte erklären müssen. Keine Partnerin, die sich hätte betrogen fühlen können. Aber wie ich erst kurze Zeit vor ihrem Besuch zufällig erfahren hatte, war Ute inzwischen mit Kasimir Weishaupt verheiratet. Ich schaute sie fragend an, ohne unseren innigen Kuss zu unterbrechen. Ich beschloss, meine Fragen für mich zu behalten und meiner alten Freundin zu vertrauen. Sie würde schon wissen, was sie tat. Außerdem wollte ich auch nicht länger darüber nachdenken. Jedenfalls nicht in einem solch überaus angenehmen Moment. Wir schlossen die Augen und pressten unsere Lippen aufeinander, wie zwei Teenager beim ersten Mal. *Bruder und Schwester* dürfen sich eigentlich nicht küssen, dachte ich bei mir. Nicht *so*. Was geschah, war wunderbar und doch so befremdend, dass mir für Sekunden schwindelig wurde. Aber ich ließ mir nichts anmerken. Ute sank auf den Rücken. Mir wurde heiß. Meine Ohren glühten.

„Soll ich abschließen?", fragte ich zärtlich, verschluckte mich dabei und konnte nur mit Mühe einen Hustenanfall unterdrücken.

„Mmh." Ute Luttmanns schien einverstanden. Ihre sonst so blassen Wangen leuchteten tomatenrot. Leise drehte ich den Schlüssel. Eigentlich gab es keinen Grund abzusperren und schon gar nicht *heimlich*. Meine Mutter wusste, dass ich Damenbesuch hatte und war keineswegs prüde. Sie betrachtete solche Angelegenheiten eher nüchtern – und mit Respekt. Nie hätte sie in einer solchen Situation mein Zimmer betreten, ohne sich vorher *anzumelden*. Doch an diesem Tag war mir wohler, wenn ich die Tür verschloss.

Ich wandte mich wieder zu meiner Besucherin, die inzwischen die Träger und mit ihnen den ganzen oberen Teil ihrer Hose über dem T-Shirt heruntergestreift hatte. Ute Luttmanns lag steif zwischen den Kissen. Mit festem Blick deutete sie mir ihren Wunsch. Ein angenehmes Kribbeln durchflutete meinen Leib. Doch da war auch noch ein mächtiges, bedrohliches Gefühl, das Ute – ich sah es in ihren Augen – genauso wie mich in diesem lustvollen Augenblick dennoch aufwühlte: die Angst vor dem, was jetzt kommen würde. Mein Blutdruck stieg und mein Verstand verweigerte sich strikt jedem aufkeimenden Gedanken über das *Danach*. Ich kuschelte mich eng an Ute. Sie bibberte am ganzen Körper. Ich streichelte ihr sanft übers Haar. Dann glitt meine Hand langsam von den Schultern über ihren kleinen Busen hinab zum Bauch. Utes Haut unter dem Bund ihres Schlüpfers war warm und weich. Meine Hand wanderte unter Utes Hemdchen wieder nach oben, bis ich den Ansatz ihre Brüste mit den Fingern berührte. Ich gab dem zögerlichen Druck ihrer Arme nach und schob meinen Körper über ihren.

„Ja, ja, die sind oben!", posaunte meine Mutter plötzlich warnend durchs Treppenhaus. Jemand kam mit großen Sätzen die Stufen hoch. Es klopfte hart an der Zimmertür. Die Klinke wurde zwei-, dreimal heruntergedrückt.

„Hallo, seid ihr da?", fragte eine Männerstimme überfreundlich. Kasimir Weishaupt!

Wie von einer Tarantel gestochen, sprang ich auf und brachte hastig meine inzwischen heruntergerutschten Beinkleider notdürftig in Ordnung. Für das Hemd nahm ich mir keine Zeit mehr. Ute – von Angst keine Spur in ihrem Gesicht – war offensichtlich weniger beeindruckt als ich. Sie setzte sich mit dem Rücken gegen die Wand, schwieg und ließ das herabhängende Oberteil ihrer Latzhose so wie es war. Durch den Stoff Utes T-Shirts zeichneten sich an den Spitzen ihres Busens noch immer die heftigen Gefühle der letzten Minuten deutlich ab. Ein paar breite Haarsträhnen hingen meiner alten Spielkameradin noch quer über die Wangen. Ute Luttmanns zog die Beine an, legte ihre Arme um die Knie und blinzelte, was so viel heißen sollte wie: *Bereit!* Ich entriegelte die Tür, obwohl sich meine Besucherin noch immer recht *eindeutig* präsentierte. Und auch ich vermittelte wohl kaum den Eindruck eines Kaffeekränzchen-Teilnehmers, der nach einer kleinen Störung sogleich, bei Kaffee und Kuchen, mit irgendwelchen belanglosen Klatschgeschichten fortfahren würde.

„Na?" Kasimir lächelte gehetzt. Sein prüfender Blick ließ keinen Zweifel über die einzige Frage, die Kasimir Weishaupt in dieser Sekunde beschäftigte: War er zu spät gekommen?

„Na?" Mehr fiel mir auch nicht ein. Genau genommen war Utes und meine kindliche Beziehung bis zu diesem Zeitpunkt noch *rein* geblieben. Ich fragte mich, ob ich die derbe Unterbrechung unseres Schäferstündchens bedauern oder mich darüber freuen sollte.

Ute sagte nichts, füllte aber die Gläser neu. Für mich nahm ich den Zahnbecher vom Waschbecken. Sie goss mir ein. Ich reichte Kasimir das zweite Sektglas und blieb erstaunlich ruhig.

„Setz dich doch." Ich zeigte auf das Sitzkissen vor der Bettcouch. Der Ehemann meiner geliebten Spielgefährtin setzte sich auf das Kissen, rückte seine Brille zurecht und grinste in seiner bekannten Freundlichkeit. Doch seine Augenlider zuckten aufgeregt und der Schmerz in seinem Herzen stand ihm ins Gesicht geschrieben. Am liebsten hätte ich mich auf der Stelle in Luft aufgelöst. Ich schaltete den Plattenspieler, der zu Ende gelaufen war, wieder an. Schlummermusik, etwas Besänftigendes ist jetzt am besten, kombinierte ich. Bei mir selbst jedoch versagte die Taktik. Meine Ruhe schwand, die Anspannung wurde mir unerträglich. Übereifrig, wie eine Marktfrau, die sich die einmalige Gelegenheit erhofft, endlich eine Steige gammeliges Obst loszuwerden, kramte ich die Werbeideen der letzten Nacht hervor und bombardierte Kasimir mit allerlei Geschwafel. Kasimir Weishaupt nahm mein Angebot, uns so aus der Peinlichkeit der Situation zu retten, dankbar an und vertiefte sich mit mir in ein *anregendes* Gespräch über – eigentlich über nichts! Wir glotzten auf das Papier und verfielen in einen lautstarken Redeschwall und plapperten allerhand zusammenhangloses, wirres Zeug. Ute Luttmanns saß da, beobachtete uns schweigend, ein amüsiertes – ja, zufriedenes Lächeln einer Siegerin auf den Lippen. Die Dämmerung brach herein und meine Mutter kam mir zu Hilfe – unbeabsichtigt, wie ich glaubte, vielleicht aber auch intuitiv. Sie fragte, was mit Abendessen sei und ob meine Gäste zum Abendbrot bleiben. Kasimir lehnte überschwänglich dankend ab, ohne meine Spielkameradin – seine Ehefrau – nach ihrer Meinung zu fragen und verabschiedete sich mit einem verkrampften Händedruck. Ute folgte ihm wortlos, mit herunterbaumelnden Hosenträgern, als Kasimir Weishaupt eilig unser Haus verließ. Den wahren Grund für Utes Besuch und ihren stillen Triumph sollte ich erst viel später erfahren.

Mit einem zaghaften Räuspern lenkt Hannah meine Aufmerksamkeit wieder auf sich. Wie lange mag ich in Gedanken versunken gewesen sein? Ich schaue auf die Wanduhr. Sie steht immer noch bei elf Uhr. Meine Armbanduhr zeigt elf Uhr dreißig.

„Nun ja, zunächst möchte ich Ihnen ... ich meine, *dir* ... äh, *Onkel Ludwig* ...“

Wir müssen beide lachen und ich freue mich, dass die Tochter meiner alten Freundin zu mir gekommen ist.

„Also, Onkel Ludwig, ich wollte dir sagen, dass ich dir vertraue – und dass du der einzige bist, mit dem ich bisher darüber spreche.“

Mir wird flau im Magen. Ich trinke rasch den winzigen Rest Wasser, den Hannah in ihrem Glas übrig gelassen hat.

„Hmh ... Warum mit mir?", frage ich.

Hannah Weishaupt zieht ein Stück Papier aus ihrer Handtasche.

„Hier. Ich habe ihn vor einigen Tagen von Mutters Nachlassverwalter bekommen. Ein Freund und Anwalt. Er sollte mir den Brief erst geben, wenn *die Zeit gekommen sei*. Niemand weiß davon. Mein Vater nicht und auch nicht meine Großeltern."

Ich zögere einen Moment, das Schriftstück anzufassen, wie ein Spieler, der befürchtet, beim *Siebzehnundvier* eine zu hohe Karte zu ziehen und damit eine herbe und sofortige Niederlage einstecken zu müssen.

Hannah hält mir den Brief auffordernd vors Gesicht. „Bitte lies, dann werde ich dir sagen, weshalb ich gekommen bin."

Ich nehme das vergilbte Papier und entfalte es behutsam. Obwohl die blaue Tinte bereits arg verblasst ist, lassen sich die mit zittriger Hand geschriebenen Worte noch erstaunlich gut zu lesen.

Liebste Hannah,
wenn du meinen Brief liest, werde ich schon viele Jahre fort gegangen sein. Ich bin sehr traurig und will nicht glauben, dass ich dich nicht in

meinen Armen halten, dir nicht meine Liebe geben konnte, nicht erleben darf, wie du aufwächst und aus dir bestimmt ein hübsches Mädchen wird, das ihren Weg findet. Mein Leid kennt keine Worte, die genügten, um meinen Schmerz zu beschreiben, der mein Herz zerspringen lässt, weil ich nicht bei dir sein kann. Doch ich weiß, bei deinem Vater hast du es gut. Er liebt dich, wie sonst niemanden auf der Welt.

Aber es gibt Dinge, Ereignisse im Leben, die es zu meistern gilt, bei denen ein Vater – liebt er dich auch noch so sehr – nur machtlos zuschauen kann, geblendet und verwirrt, im Strudel seiner Gefühle. Dann brauchst du einen guten Freund, der dir zur Seite steht.

So sage ich dir, meine liebste Hannah, wenn du diesen Freund suchst, dann wende dich an Ludwig Ringelsteg. Ludwig war mein treuster Freund und Gefährte der letzten Stunde. Er wird auch dir zur Seite stehen, wenn es etwas zu tun gibt, was getan werden muss.

In Liebe, deine Mutter.

Neben der wackligen Unterschrift haftet eine schwarze Haarsträhne meiner lieben Freundin Ute Luttmanns. Ich sehe im Gedanken noch einmal ihr fröhlich lachendes Gesicht vor mir.

„Wie war meine Mutter?", fragt Hannah, „Bitte erzähl mir etwas über sie – auch, was du über ihren ... über ihr Ende weißt ... Bitte."

„Ja, aber hat dir nicht dein Vater ...?", frage ich und gebe Hannah den Brief und die Haarsträhne zurück. Sie steckt beides wieder in ihre Handtasche.

„Nicht viel. Es schmerzt ihn wohl sehr, über sie zu sprechen. Martina schaut dann immer ganz finster drein. Vielleicht ist sie eifersüchtig und ... irgendwie ist sie *böse*!"

„Martina?", frage ich nach.

„Meine Stiefmutter", antwortet Hannah.

„Martina Rudiczek?", frage ich noch einmal nach.

„Du kennst sie?", fragt Hannah Weishaupt zurück.

„Ja, ja ... aber nicht besonders gut", antworte ich. Für den Augenblick halte ich meine knappe Antwort für angebracht. Warum ist Hannah zu mir gekommen? Ute hat mich in ihrem Brief an Hannah als guten Freund empfohlen. Wegen einer Lehrstelle ist Hannah Weishaupt nicht gekommen. Nur ein Vorwand. Ein Vorwand für was?

"Lebt ihr in der alten Villa?", erkundige ich mich.

"Nein. Die Villa hat mein Vater schon bald nach Mamas Tod verkauft. Wir bewohnen die Etage über Vaters Kanzlei. – Du warst also ein guter

64

oder vielleicht sogar Mutters bester Freund. Habt ihr euch öfters getroffen?", fragt Hannah.

Es ist kaum zu sehen, aber ich bemerke es dennoch: Hannahs heimliches Grinsen.

„Öfters ge...? Nein, nein, das letzte Jahr vor ihrem ... da hat sie mir ab und zu geschrieben", antworte ich schnell.

Hannah setzt sich wieder auf die Ledercouch und sieht mich erwartungsvoll an. „Kannst du mir noch mehr erzählen von meiner Mutter?", fragt Hannah. Ihr Grinsen weicht einer ernsten, fordernden Miene. „Bitte – *Alles*!", sagt sie mit energischem Unterton.

„Alles?", frage ich verwundert nach.

„Na alles, an das du dich noch erinnern kannst", sagt sie, als würde sie mit einem Jungen sprechen, der Zuhause von seinem ersten Schulausflug berichten soll.

Ich hole eine Flasche Weinbrand von der Bar, fülle ein Glas zur Hälfte, nehme einen großen Schluck und frage mich, wie weit für Hannah Weishaupt wohl *Alles* gehen wird.

„Nun, deine Mutter und ich, wir waren in unserer Kindheit gute, ich meine *wirklich* gute Freunde. Doch irgendwann verloren wir uns aus den Augen – verschiedene Schulen ... Erst als wir bereits junge Erwachsene waren, begegneten wir uns wieder – zufällig, bei einer Filmvorführung und einmal ... einmal bei mir Zuhause", erzähle ich und ich spüre, dass mir bei dieser Erinnerung ein leichtes Lächeln übers Gesicht wandert, „aber nur einen Nachmittag lang. So überraschend, wie es geschehen war", fahre ich ernüchtert fort, „so schnell trennten sich auch unsere Wege wieder. Doch nach dieser Begegnung schrieb mir deine Mutter gelegentlich Briefe. Keine langen Ausführungen. Meist einige, wenige, aber nette Zeilen. Alltagsgeschichten, was einem aus dem täglichen Leben so auf dem Herzen liegen kann; doch manchmal auch mit etwas Wehmut zwischen den Zeilen. Als würde Ute etwas quälen, was sie sich nicht traute mir zu schreiben. Und wenn ich in meinen Briefen nachfragte, blieben meine Versuche, etwas über ihre möglichen Sorgen zu erfahren, ohne Erfolg. Ute schwieg sich in ihren Briefen über irgendetwas aus. Ich konnte ihren Kummer deutlich spüren. Doch was sollte ich tun?", frage ich in Hannahs Richtung. „Eines Tages, etwa ein Jahr nach unserer Begegnung bei mir Zuhause, lud mich Ute überraschend zu sich ein. Ich freute mich sehr und nahm die Einladung an ..."

Die Reifen des Taxis versanken beim Bremsen ein Stück in der dicken Kiesschicht der großzügig angelegten Einfahrt der alten, aber gut erhaltenen Jugendstilvilla inmitten eines wunderschönen, japanischen Gartens. Kasimir hatte das Anwesen, zu seines Großvaters Zeiten ein über die Landesgrenzen hinweg bekanntes und sehr ertragreiches Weingut, von seiner verwitweten Großmutter geerbt.

Der Türöffner surrte, und die schwere, alte Eichentür sprang einen Fingerbreit auf. Auf leisen Sohlen, um nicht die erhabene Ruhe zu stören, trat ich in den schummrig beleuchteten, etwa zehn Meter langen Korridor des erhabenen Gebäudes. Doch die ausgetretenen Dielen, deren intensiver Wachsgeruch einem beim Betreten des Hauses sofort in die Nase fuhr, knarrten bei jedem Schritt. An den Wänden zahlreiche Ölgemälde mit Jagdmotiven. Am Ende des Ganges, vor dem mächtigen, aus Holz gearbeiteten Treppenaufgang gab es rechts eine mit feinen Schnitzereien verzierte zweiflüglige Tür, die zum Salon führte. Dort sollte ich auf sie warten, hatte mich Ute knapp durch die Sprechanlage am Hauseingang gebeten. Der Salon war ein geschmackvoll, mit antiken Möbelstücken in englischem Landhausstil, eingerichteter Raum. Der Blick durch die mannshohen Sprossenfenster auf den exotischen Garten vermittelte ein wenig den Eindruck eines Kolonialherrenanwesens. Der Garten konnte es, in seiner Größe und mit seinen farbenfrohen, von erfahrener Gärtnerhand meisterhaft angelegten Beeten, ohne weiteres mit den schönsten Kurparks, die ich kenne, aufnehmen. Die zweistöckige Villa, die bestimmt – ich habe sie nie gezählt –

über nicht weniger als fünfzehn Zimmer verfügt haben mochte. Kein Zweifel, zumindest materiell hatte es Ute gut getroffen. Es war nicht jedem vergönnt, so fern er es wollte, einfachen Verhältnissen zu entfliehen und ein Leben in Wohlstand zu erlangen. Wenn sich dann noch der rechte Lebenspartner einfand und erfüllte Liebe mit einherging – was konnte einem Besseres widerfahren?

Ich setzte mich auf einen der bequemen, mit kariertem Stoff überzogenen Ohrensessel. Auf dem Tisch standen eine Teekanne, aus deren Zotte heißer Dampf emporstieg, sowie zwei Tassen aus chinesischem Porzellan und feines Gebäck. Welchen Grund konnte es geben, mich nach so langer Zeit zu sich einzuladen, selbst wenn sich, von Utes Seite ausgehend, ein gelegentlicher aber doch eher allgemeiner Briefwechsel mit einer lange zurück liegenden Kindheitsfreundschaft entwickelt hatte?

Aus einer Ecke hinter den bodenlangen, im lauen Sommerwind hin und her wehenden, weißen Gardinen der gekippten Terrassentür war ein leises, quietschendes Geräusch zu hören. Durch eine Nebentür, die ich erst jetzt, wo sie geöffnet in den Raum ragte, erkennen konnte, kam hinter dem Vorhang eine sitzende Gestalt auf mich zu. Nur langsam gab der fein gewebte Stoff preis, was sich hinter ihm verbarg, umso mehr es sich in meine Richtung bewegte. Blankes Entset-zen fuhr mir durch die Glieder. Das eindringliche Quietschen erzeugten die Räder eines Rollstuhles. Ich sprang vom Sessel auf.

„Hallo, Ludwig!" Deine Mutter lächelte und drehte mit den Händen die Räder ihres Gefährts, bis sie damit eine Schrittlänge vor mir zu stehen kam.

„Ute, warum ... warum hast du mir nicht ...?"

„Schön, dass du da bist, Ludwig." Sie breitete ihre Arme aus. Ich beugte mich zu Ute hinunter, und wir umarmten uns herzlich.

„Zieh mich hoch, ich will auf die Couch. Ich kann noch stehen und auch etwas gehen, wenn es mir auch schwer fällt. Aber ich muss ... als Training." Sie schnaufte befreit, als sie rücklings auf die mit dem gleichen karierten Stoff wie der Ohrensessel bezogenen Polster plumpste.

Einen Moment saßen wir da und schauten stumm aneinander vorbei. Ich durchbrach die Stille als erster, goss uns Tee ein und erkundigte mich dabei nach Kasimir. Ich wollte deine Mutter nicht gleich wegen ihres Zustandes ansprechen, obwohl ich natürlich wissen wollte, was gesche-hen war. Ute hatte diesen Umstand in ihren Briefen mit keinem Wort erwähnt.

„Auf Geschäftsreise.", antwortete deine Mutter freundlich, „Er ist oft unterwegs, manchmal für einige Wochen. Tja, die Kanzlei macht viel

Arbeit." Utes Blick wurde dabei wässrig. Ich war sicher, sie kannte den wirklichen Grund für die Abwesenheit deines Vaters, wollte ihn aber nicht aussprechen – oder vielleicht nicht wahrhaben? Nicht die Kanzlei, dachte ich bei mir.

„Was ist mit dir geschehen?", fragte ich schließlich. Der Anblick deiner Mutter im Rollstuhl ließ mich erneut erschaudern. Sie sah sehr abgemagert und schwach aus. Ihre Wangenknochen, die man früher unter ihrer kräftigen Haut kaum wahrgenommen hatte, bildeten auffällige Erhebungen in ihrem Gesicht. Das lange, schwarze Haar war dünn geworden und hing spröde über ihren knochigen Schultern. Ihre Hände hatte Ute in den Schoß gelegt. Nervös spielte sie mit den Fingern.

„*Multiple Sklerose* – so wie es aussieht.", antwortete Ute und lächelte gezwungen, „Ich werde immer schwächer. Manchmal kommt nur alle paar Wochen ein Schub, doch manchmal spüre ich, wie innerhalb von wenigen Tagen meine Kraft schwindet, so dass mir sogar das Atmen schwer fällt." Sie schlug sich mit der Hand auf die Oberschenkel. „Die verdammten Muskeln. Sie lassen immer mehr nach. Verdammt!", fluchte sie und schüttelte verzweifelt den Kopf.

Ich rutschte näher zu Ute und nahm sie tröstend in die Arme. Sie weinte so sehr, dass mir ihre Tränen in den Kragen liefen.

Als sie sich wieder etwas beruhigt hatte, hakte sie sich bei mir ein und wir gingen in den Garten. Den Rollstuhl nahmen wir mit. Als es für deine Mutter zu anstrengend wurde, fuhr ich sie. Wir redeten und redeten, und sie vergaß für den Moment ihr Schicksal. Wir erinnerten uns an alle möglichen Streiche aus unserer Kindheit. Amüsierten uns über *Dummheiten*, die wir ausgeheckt hatten. Fröhlichkeit und Herzlichkeit kehrten für einige Augenblicke zurück auf das schmal und blass gewordene Gesicht meiner alten Spielkameradin. Wir verbrachten den Nachmittag im Garten, saßen auf einer aus schweren Holzplanken grob gezimmerten Bank, genossen den herrlichen Sommertag und ließen uns von der Sonne, die zwischen den im Wind hin und her wogenden Blättern der Bäume hindurch schien, wärmen.

„Ute, was ich dich auch fragen wollte … In unseren Briefen … wusste ich nicht, ob ich dich …"

„Ja, Ludwig …?"

„Damals, ich meine voriges Jahr, als du an dem Samstagnachmittag zu mir gekommen bist und Kasimir uns dann … Du weißt, was ich meine?" Ute nickte. „Weshalb warst du eigentlich zu mir gekommen?", fragte ich.

Utes Augen wurden wieder feucht. „Wegen … wegen Martina", antwortete sie zögerlich.

„Martina … Martina Rudiczek?", fragte ich überrascht nach.

„Ja, Martina Rudiczek", antwortete Ute.

„Ich versteh nicht?"

„Du musst wissen, Kasimir und ich, wir lieben uns sehr – vom ersten Tag an, als wir uns begegneten. Aber Martina und er ... Kasimir kannte sie von früher. Er kam einfach nicht von ihr los."

„Er hat dich betrogen!", stellte ich trocken fest.

„Nein, nein, Ludwig, so darfst du das nicht sehen! Martina Rudiczek war nie ... Sie ist keine Gefahr für mich, für uns ... Kasimir kommt immer wieder zu mir zurück."

„Du willst sagen, dass er immer noch ...?"

Ute fasste mich am Arm. „An dem Samstag ... Ich war zu dir gekommen, um Kasimir ..."

„Um Kasimir eins auszuwischen", fiel ich Ute ins Wort. Ich sprang empört von der Parkbank auf und stapfte aufgeregt vor Ute auf und ab. „Du hast mich benutzt!", stammelte ich wütend, und für einen Moment dachte ich daran, auf der Stelle beleidigt abzureisen. Doch sollte ich aus gekränkter Eitelkeit, aus Zorn darüber, als Lückenbüßer und Rachewerkzeug gedient zu haben, meine alte Spielkameradin im Stich lassen – jetzt, wo sie womöglich den Beistand eines guten Freundes, *meine* Hilfe benötigte?

Es schien mir offensichtlich, dass mich deine Mutter nicht nur zum netten Plausch bei Tee und Kuchen gebeten hatte, um in verklärten Erinnerungen zu schwelgen. Meine Erbostheit legte sich so schnell, wie sie gekommen war und ich fühlte mich, um ehrlich zu sein, sogar ein bisschen geschmeichelt: Immerhin war Utes Wahl auf mich gefallen, als *die* Person, mit der ein *Techtelmechtel* Kasimir ihrer Ansicht nach am meisten zugesetzt hätte. Ich sah Kasimirs fragendes Gesicht vor mir, als er Ute und mich in-flagranti erwischt hatte und musste innerlich schmunzeln. Ich beschloss, zu bleiben und setzte mich wieder neben Ute auf die Bank. Sie legte ihre kalten Hände auf meine.

„Luudwig", schmeichelte sich Ute in reumütigem Ton bei mir ein, legte ihren Kopf an meine Schulter und lächelte dabei, ohne sich große Mühe zu geben, ihre Scheinheiligkeit vor mir verbergen zu wollen. Wozu auch? Wir kannten uns gut genug, um zu wissen, dass – wenn es die Situation erfordert hätte – Ute ohne Zögern das Gleiche noch mal getan hätte. Dass sie mich quasi als Komplizen *auserkoren* hatte, deutete ich im Nachhinein als Vertrauen, dass Ute in mich und unsere Kindsfreundschaft gesetzt hatte – und immer noch setzte, wie ich bald erfahren sollte.

Deine Mutter schaute mich fragend an. „Kannst du mir verzeihen, dass ich dich ...?"

Trotz meiner wohlwollenden Abwägung tat ich mein Bestes, nicht den Anschein zu erwecken, ein Trottel zu sein, mit dem man alles machen konnte. Der sich benutzen ließ, ohne ... Nun, kurz und gut – als ich das Gefühl hatte, Ute lange genug zappeln gelassen zu haben, lenkte ich ein und schob meinen nur halb ernst gemeinten und – wie ich fand – gut gespielten Groll mit einem freundlichen Lächeln beiseite.

„Schon gut, vergessen ...“ sagte ich gönnerhaft und tätschelte deiner Mutter liebevoll die Hand. Wir mussten beide grinsen über unser theatralisches Getue. „Ich nehme an, du hast mich nicht nur zum Tee trinken eingeladen.“

Utes Gesicht verfinsterte sich. Sie erzählte mir, dass sie nach Einschätzung ihrer Ärzte nicht mehr lange zu leben hätte. Sie wollte auf keinen Fall, dass Kasimir, der unter ihrer Krankheit und ihrem nahen Ende sehr leide, an ihrem Tod womöglich zerbricht. Kasimir sollte Utes letzten Tage, die sicher sehr schwer und voller Leid sein würden, nicht mit ansehen müssen, sondern seine Frau so in Erinnerung behalten, wie sie jetzt war, obgleich die Krankheit deine Mutter schon deutlich gezeichnet hatte.

„Er ist bei ihr, nicht wahr?“, fragte ich wütend. „Kasimir ist bei Martina Rudiczek! Er liebt dich – aber er ist bei ihr! Oder etwa nicht?“

„Ja ... Oh, Ludwig, ich habe ihn freigegeben.“ Ute hielt die Hände vors Gesicht und weinte so fürchterlich, dass ich dagegen ankämpfen musste, nicht ebenfalls loszuheulen.

„Und Kasimir ist heute auch nicht auf Geschäftsreise …?"

„Nein", Ute fasste sich wieder, „er wohnt noch hier, aber ich habe ihn weggeschickt, weil ich heute mit dir allein sein wollte, um etwas mit dir zu *bereden*."

„Etwas bereden?", fragte ich nach.

„Ja, um dich um etwas zu bitten."

Mir war nicht wohl in meiner Haut. Ich ahnte nichts Gutes. Ute schaute aufgeregt umher, als versuchte sie am wolkenlosen Himmel, am Laub der Bäume, an den Kieselsteinen auf dem Boden die richtigen Worte abzulesen. Sie wischte sich die Tränen aus dem Gesicht.

„Nun sag schon, Ute … Ich bin dein Freund!" Meine Hände schwitzen. Ich hoffte, auf alles gefasst zu sein.

„Ich … ich will, dass du bei mir bist, wenn es mit mir zu Ende geht!"

Es war nur ein einziger Satz – der aber genügte, um mich auf der Stelle aus der Fassung zu bringen.

Bei Gott! – Ich hatte nicht mit irgendeiner banalen Allerweltsgefälligkeit gerechnet, um die mich Ute bitten würde; vielleicht ein Dienst in einer familiären oder meinethalben auch pikanten Angelegenheit. Aber *das*. Meine Gedanken überschlugen sich. Haarsträubende Bilder huschten durch meinen Kopf. Herzzerreißende Sterbeszenarien spielten sich in meiner Fantasie ab. Mir wurde heiß und kalt.

Deine Mutter streichelte mir über die Wange. „Kannst du das für mich tun, Ludwig?"

Ich wunderte mich über meine Besonnenheit und die Sachlichkeit, mit der ich die Situation nach außen hin beherrschte. Doch es war wohl eher so, dass der Schock über Utes Bitte jede Gefühlsäußerung in mir blockierte.

„Und Kasimir?", fragte ich.

„Er kennt meine Entscheidung", antwortete Ute kühl, „ich habe mit ihm gesprochen. Er wird von der Villa fernbleiben, sobald ich es wünsche. Ich will von ihm Abschied nehmen, so lange ich noch so bin, wie er mich kennt ... und liebt."

Ich vermutete jedoch, dass deine Mutter Kasimir nicht bei sich haben wollte, weil ihr klar war, dass sie deinen Vater schon längst endgültig an Martina verloren hatte und Ute es nicht hätte ertragen können, sich von ihm am Sterbebett die Hand halten zu lassen. Angewiesen auf das Wohlwollen von Martina Rudiczek, mit der Furcht im Nacken, Kasimirs Liebe zu deiner Mutter könnte völlig erkalten und er würde womöglich nur widerwillig aus Mitgefühl mit einer Sterbenden bei ihr bleiben.

„Und deine Eltern – wissen sie, dass du ...?", fragte ich weiter.

„Dass ich krank bin – ja", antwortete Ute, „aber nicht, wie es wirklich um mich steht. So soll es auch bleiben."

„Wie lange ...? Ich meine ...", fragte ich, ohne meine Frage ganz aussprechen zu wollen.

„Vielleicht nur noch ein paar Wochen", antwortete deine Mutter und rieb sich mit der flachen Hand über ihr Brustbein. Ute schien das Atmen schwer zu fallen. „Vielleicht auch noch einige, wenige Monate ... Aber kaum mehr als zwei oder drei!"

Wir saßen eine ganze Weile schweigend da und lauschten dem Zwitschern der Vögel und dem Rauschen der Blätter im Wind.

„Ich werde kommen", sagte ich schließlich ruhig und schaute deiner Mutter dabei fest in die Augen, „ruf mich an oder schreib mir, und ich werde da sein! – Okay?"

„Okay." Ute nickte zufrieden.

War es mir bis dahin zuweilen so vorgekommen, als würden Ute und ihr rollendes Gefährt beinahe schon miteinander verwachsen, wenn sie einige Zeit darin saß, so erschien es mir in diesem Augenblick geradezu grotesk, dass deine Mutter in dem Krankenstuhl kauerte. Ich erwartete, dass sie jeden Moment aufspringen und frohgelaunt umherlaufen würde. Dass alle schlimmen Gedanken über die Krankheit und Utes nahes Ende wie eine überreife, faulende Kirsche, von dicken

Regentropfen getroffen, zerplatzten. Dass meine Spielkameradin, vor Lebenskraft strotzend und außer sich vor Freude, mit mir über die schönen aber bald verblühenden Blumenbeete hüpfen und sie vor Übermut zertrampeln würde, um sofort wieder neue, frische zu pflanzen. Ich schaute scheinbar beiläufig auf Utes dünn gewordenen Beine. Sie regten sich nicht.

„Ich glaube, ich muss jetzt gehen. Mein Zug ...", entschuldigte ich mich sanft, „Soll ich dich noch im Rollstuhl bis ...?"

„Nein, nein, lass nur. Ich möchte noch ein wenig hier sitzen."

Ich küsste deine Mutter auf die Wange und schritt dann mit schwerem Gang den Kiesweg entlang.

„Ludwig! Ludwig Ringelsteg!", rief Ute mir nach.

Ich drehte mich noch einmal um. Sie winkte mir zum Abschied und lächelte verloren.

Hannah Weishaupt hört mir gebannt und sichtlich berührt zu. Im Büro ist es totenstill. Der Straßenlärm dringt nicht wie sonst durch die Glasscheiben der großen Fenster. Kein Hämmern auf der Tastatur, das für gewöhnlich aus dem Vorzimmer durch die Tür sickert, wie das liebliche Plätschern eines fernen, friedlichen Baches. Hannah sitzt mir betroffen schweigend gegenüber. Ich erzähle weiter...

Wochen vergingen. Das Warten war so schrecklich, dass ich manchmal hoffte, es würde endlich vorbei sein. Zugleich durchzuckte mich dabei die ernüchternde Erkenntnis, dass damit auch das Schicksal deiner Mutter, meiner alten Freundin, untrennbar verbunden war.

Ich hatte eine kaufmännische Ausbildung hinter mir und gerade eine internationale *Business School* erfolgreich abgeschlossen. Zu dieser Zeit hatte ich bereits den Plan gefasst, ein Unternehmen zu gründen oder ein bestehendes zu übernehmen. So verbrachte ich, ohne dabei an einen allzu engen Zeitplan gebunden zu sein, Tage und Wochen damit, Angebote von Firmenübergaben zu prüfen, die mir geeignet erschienen.

Ich bewohnte in meinem Elternhaus noch mein Jugendzimmer ohne Miete zahlen zu müssen; und da ich, durch einige kleinere Immobilienvermittlungsgeschäfte in den Monaten zuvor, über ein recht gutes finanzielles Polster verfügte, konnte ich mich problemlos für einige Zeit freimachen. Wann immer Ute also nach mir rufen würde, konnte ich zur Stelle sein.

Ich hielt es fast schon für einen bösen Traum, das Treffen im Garten der Villa, das Gespräch mit Ute, bis schließlich eines Tages eine Nachricht deiner Mutter in meinem Briefkasten lag:

‚Lieber Ludwig, bitte komm. Ich erwarte dich zum Wochenende. Ute‘

Es waren nur wenige Worte. Doch für mich war es die Verkündung ein Todesurteils – mit mir als geistlichem Beistand, in einer Tragödie, die mir all meine Kraft abverlangen würde, weil ein liebgewonnener Mensch nach mir rief, um in seiner letzten Stunde nicht allein zu sein; um nicht einsam und verlassen abtreten zu müssen.

Meiner Mutter hatte ich Utes Wunsch verschwiegen. Doch sie spürte die schwere Last, die ich seit meiner Rückkehr von Ute auf meinen Schultern trug.

„Was ist mit dir?", fragte meine Mutter, „Es ist wegen Ute, nicht wahr?"

„Mmh", antwortete ich und nickte zustimmend, „sie braucht mich. Ich muss zu ihr. Ich weiß nicht wie lange – für einige Zeit ...", entschuldigte ich mich, obwohl es meiner Mutter, die sich nach dem frühen Tod meines Vaters für ein Leben ohne neuen Lebenspartner entschieden hatte, nichts ausmachte, allein im Haus zu sein. Ab und an zog sie sich ohnehin gerne für ein paar Tage zurück und ich bekam sie nur bei den gemein-samen Mahlzeiten zu Gesicht. Meine Mutter fuhr mir liebevoll und tröstend mit den Fingern durchs Haar.

„Geh nur, mein Junge", flüsterte sie, „und sei ihr ein guter Freund."

Für einen Moment hätte ich mich am liebsten meiner Mutter an die Brust geworfen und losgejammert. Sie lächelte mitfühlend und sagte: „Komm Ludwig, lass uns nachschauen, ob du alles hast, was du für deine Reise brauchst."

Es war Donnerstagvormittag. Ich packte meinen Koffer: Waschbeutel, etwas Unterwäsche, ein Schlafanzug, verschiedene Kleidungsstücke für jeden Tag, sowie ein weißes Hemd und einen dunklen Anzug.

Den Rest des Tages verbrachte ich damit, auf meinem Bett zu liegen, an die Decke zu starren und Musik laufen zu lassen. Die Platte mit irischer Folk Musik, die ich aufgelegt hatte, ließ ich bis zum Abend in einem Fort laufen. *'Betty is going home, leaving me back here alone'*, grölte eine heisere Säuferstimme in schleppendem Rhythmus, dass man davon das Heulen bekommen konnte. Ich fühlte mich so elend wie nie zuvor in meinem Leben.

Am nächsten Tag um die Mittagszeit fuhr mein Zug. Gegen dreizehn Uhr dreißig kam ich an. Ich klingelte mehrmals, bis mir geöffnet wurde. Dein Vater bat mich höflich einzutreten und wies mir den Weg zum Salon. Im Vorübergehen konnte ich in einem Nebenzimmer durch einen Türspalt einen Koffer und eine Reisetasche ausmachen –

und einen Schatten, eine Frau, denn die Silhouette ließ weibliche Formen und einen knielangen Rock erkennen. Der zitronig-herbsüße Duft eines leichten Parfüms legte sich über den intensiven Geruch der wachspolierten Flurdielen.

Kasimir betrat den Salon nach mir und schloss die Tür hinter uns. Bei unserer letzten Begegnung, an dem Tag, als er Ute und mich in meinem Zimmer überrascht hatte, entsprachen Aussehen und Auftreten ganz dem eines gesunden, kräftigen Mannes, einige wenige Jahre älterer als ich selbst. Doch als ich ihm nun gegenüber stand, schien Kasimir Weishaupt um Jahrzehnte gealtert. Er war unrasiert, sein Gesicht fahl. Einige graue Strähnen durchzogen seine dicken, dunklen Haare, die ein wenig wirr und zerzaust teils herunterhingen, teils wie dünne Drähte in die Luft standen. Kasimirs Augen zuckten nervös. Man konnte ihm sein schlechtes Gewissen ansehen. Er fühlte sich schäbig. Wenn man Kasimir Weishaupt kannte – ein herzensguter, sensibler Mensch – wusste man, welche Qual die Entscheidung, die Ute und er getroffen hatten, für ihn bedeuten musste, wie auch immer sich seine Beziehung zu Ute verändert haben mochte. Natürlich war er nicht makellos. Schließlich hatte Kasimir Weishaupt – man kann beinah sagen – schon *immer* diese Martina am Bändel gehabt. Oder musste man es eher umgekehrt sehen? Wenn

Kasimir Ute auch liebte, wie sonst niemand auf der Welt, diese Martina Rudiczek war immer wieder aufgetaucht, in seinem und damit auch in Utes Leben. Doch die Liebe zwischen Kasimir und deiner Mutter schien stets stärker gewesen zu sein als Martina Rudiczek. Aber diese obskure Dreierbeziehung hat Ute viel Kraft – ja, letzten Endes sogar das Leben gekostet.

„Es tut mir so leid ... glaub mir", stotterte Kasimir, „ ich weiß nicht, ob es *so* richtig ist ..."

„Vertrau Ute ... Du musst ihr vertrauen. Sie will es so – und sie verzeiht dir", antwortete ich schnell, um deinen Vater zu beruhigen. Denn er wurde kreidebleich, und ich befürchtete, er würde jeden Moment in Ohnmacht fallen, obgleich meine Besorgnis mehr Utes als Kasimirs Wohlbefinden galt.

„Wenn du ... Wenn ihr etwas braucht ...", Kasimir kramte hektisch in den Innentaschen seines Jacketts und fand eine verknickte Visitenkarte, „frag in meiner Kanzlei nach. Über die kannst du mich jederzeit erreichen."

Ich nahm die Karte, ohne einen Blick darauf zu werfen und steckte sie in die Hosentasche.

„Gibst du mir Bescheid, wenn ...?" Kasimir wurde noch bleicher im Gesicht.

„Mmh", antwortete ich zustimmend und legte deinem Vater meine Hand auf die Schulter, um ihn zu trösten. Doch für den Bruchteil einer

Sekunde verspürte ich auch größte Lust, Kasimir mit meiner Faust die Nase zu zertrümmern, für all den Schmerz, den er Ute mit seiner unglückseligen Liaison mit Martina Rudiczek zufügte.

Kasimir umfasste mich am Unterarm. „Bitte, pass auf Ute auf!"

Ich nickte und trat zur Seite, um ihm den Weg zur Tür freizumachen. Mit gesenktem Haupt verließ Kasimir das Zimmer. Im Flur war noch kurzes Geflüster zu hören. Dann ging die schwere Haustür und fiel dumpf ins Schloss.

Ein quietschendes Geräusch aus dem hinteren Teil des Salons durchbrach die plötzliche Stille. Deine Mutter hatte hinter den Gardinen alles mit angehört. Ute rollte langsam auf mich zu, bis sie mit ihren Füßen an meine stieß.

„Komm, ich zeig dir dein Zimmer", sagte sie kurz, ohne wahrnehmbare Gefühlsregung.

Wir erreichten den breiten Treppenaufgang zur oberen Etage. Ute manövrierte ihren Rollstuhl in eine Transportvorrichtung, die sich auf Knopfdruck aus der Wand heraus geschoben hatte. Dann betätigte deine Mutter einen Schalter und schon setzte sie sich auf ihrem Gefährt mit einem summenden Geräusch in Bewegung, das Treppengeländer entlang nach oben. Ute wurde dabei hin und her geschaukelt wie ein Gepäckstück auf einem Förderband. Am Ende der Treppe stieß das Transportgestänge gegen einen Gummipuffer, der als Anschlag diente. Ute wurde bei dem abrupten Stop zwei-, dreimal hin und her geschüttelt. Ich war ihr die Stufen hinauf gefolgt und wollte deine Mutter schieben.

„Nein, bitte nicht!", sagte sie und streckte einen Arm nach mir aus.

Ich stützte meine alte Spielgefährtin, und sie hievte sich mit einiger Anstrengung aus ihrem Stuhl. Ute wies mit dem Kopf auf eine Tür am Ende des Korridors. Langsam, auf wackligen Beinen arbeitete sie sich mit mir voran bis zu meinem Zimmer.

Die Ausstattung erinnerte an eine alte Pension. Etwas karg eingerichtet, aber mit allem versehen, was für die alltäglichen Grundbedürfnisse erforderlich ist. Das Bett war mit einer ausgebleichten Plüschdecke aus Polyester abgedeckt. Ein zweitüriger Kleiderschrank war mit bunten Blumenmotiven im Bauernstil bemalt. Nachttischlampe und Deckenleuchte waren beide im gleichen Stil der neunzehnhundertfünfziger Jahre dazu passend ausgesucht. An der Wand neben der Zimmertür gab es ein großes, schneeweißes Waschbecken mit Spiegel und im Anschluss in der Ecke eine kleine Kammer – die Toilette, die so winzig war, dass sich die Tür vermutlich gerade eben noch schließen lassen würde, wenn man sich in dem Verschlag befindet.

Hannah schmunzelt, als ob sie wüsste, von welchem Zimmer ich spreche. Ich nehme einen Schluck Weinbrand, denn ich spüre in meiner Brust eine zunehmende Unruhe, deren Ursache im Fortgang der damaligen Geschehnisse liegt. Es widerstrebt mir, zuzulassen, dass dieser Teil der Vergangenheit wieder klare Konturen in meinem Kopf annimmt.

"Soll ich weitererzählen?", frage ich Hannah.

"Ja, bitte, erzähl weiter, Onkel Ludwig", antwortet sie, "ich möchte alles wissen, so genau wie möglich."

Hannah Weishaupt setzt ihr Glas an den Mund, doch es ist leer. Ich greife zur Wasserflasche, aber Hannah winkt dankend ab.

"Du *warst* gerade in deinem Zimmer in der Villa ..." sagt Hannah.

"Wie? – Ach, ja ..." Ich schau Hannah suchend an, ohne zu wissen, was mich an ihrem Gesichtsausdruck mit einem Mal stört – oder besser: beunruhigt.

Ich visiere mit meinen Augen ihre dunklen Pupillen an und versuche hinter das Antlitz der jungen Frau zu blicken, um ihre Absichten, den Grund für ihr Kommen abzulesen. Doch alles, was ich sehe, was ich spüre, ist eisige Kälte. Eine Gänsehaut läuft mir mit Macht über den Rücken.

Was hatte ich in ihren Augen zu entdecken erwartet? Wehmut, Mitleid mit ihrer Mutter, an die sie sich nicht mehr erinnern kann? Tränen der Rührung – nach so langer Zeit?

Hannah lächelt auffordernd und rückt sich auf der Couch zurecht. Ich besinne mich wieder auf meinen Bericht aus der Vergangenheit...

Vor dem gut einen Meter breiten Bett lag ein abgenutzter Läufer. Zwar war die Einrichtung rustikal, alt und abgenutzt, aber sauber. Nicht ein Staubkörnchen auf dem Mobiliar. Dennoch roch es etwas muffig. Deine Mutter stakste mühselig zum Fenster und öffnete es. Die abgestandene Raumluft wurde rasch nach draußen gesogen.

„Das ist das Gästezimmer." Ute lächelte. „Es wurde schon seit langem nicht mehr benutzt. Nancy, eine liebe, alte Dame aus der Nachbarschaft, die sich bei uns mit gelegentlicher Hausarbeit ein wenig ihre Rente aufbessert, hat es heute Morgen hergerichtet. Ich hoffe, es ist in Ordnung für dich?", fragte Ute.

„Ja, ja, bestens ... Nettes Zimmer", antwortete ich. Mein Blick fiel auf die blinkende Anzeige des Radioweckers auf dem Nachttisch mit Schubfach.

„Die Sicherung war draußen", sagte Ute, „du kannst ihn dir stellen, wenn dich das Geblinke stört oder ihn abschalten. Fühl dich bitte wie Zuhause. Ich lass dich jetzt erstmal allein, damit du in Ruhe deine Sachen auspacken kannst. Ich mach uns inzwischen etwas zu essen." Deine

Mutter wurde etwas sicherer auf den Beinen. Mit kurzen, tippelnden Schritten verließ sie das Zimmer. „Du wirst staunen, ich bin eine wirklich gute Köchin", sagte sie, schon halb auf dem Flur. Ihr Gesicht erfüllte sich mit heiterer Fröhlichkeit.

Ich packte meine Sachen aus und verstaute sie in dem Schrank. Nach einer Weile schellte ein helles Glöckchen. Von einer dünnen Schnur über dem Türrahmen aufgeregt hin und her geworfen, verriet das winzige, metallene Glöcklein die Stimmung der Person, die sie bediente. Ich wurde zum Mahl gerufen. Der feine Geruch eines köstlichen Gerichts lockte mich ins Erdgeschoss geradewegs zum Esszimmer. Ein großer, mit massiven, schweren Möbelstücken aus dunklem, lackiertem Kirschholz eingerichteter Raum. Ute saß bereits am Tisch. Ungeduldig hin und her schaukelnd hielt sie Messer und Gabel in den geballten Fäusten.

„Nun, mach schon, ich sterbe bald vor Hunger!", sagte Ute und für einen kurzen Moment verschwand die gute Laune aus ihrem Gesicht. Doch Utes Lachen kehrte schnell wieder zurück. „Los, setz dich und greif zu!", rief sie, „Wenn du einmal von meinem Essen gekostet hast, wirst du nie mehr von hier weggehen. Dann bist du für immer bei mir gefangen." Sie zog eine lustige Grimasse und kicherte wie eine böse, alte Hexe.

Wir lachten und stießen mit zwei gut gefüllten Gläsern Rotwein an. Ich musste daran denken, wie wir gut eineinhalb Jahren zuvor bei mir Zuhause mit Kasimir gehockt und Sekt getrunken hatten – ich aus meinem alten Zahnbecher.

Deine Mutter und ich verzehrten das leckere Mahl mit großem Appetit.

„Also, Ute, ich kann nur sagen: Es war köstlich! Du bist eine wirklich außerordentliche Köchin!" Ich hob mein Glas und trank auf meine alte Spielkameradin. „Du hast recht, ich komm hier nicht mehr weg, bis an mein Leb..." Erschrocken verstummte ich mitten im Satz. Schlagartig hatte die schlimme Realität, der Grund für meine Anwesenheit in der Villa, sich auch mir wieder ins Bewusstsein geschoben.

„Wann hat es eigentlich angefangen mit deiner Krankheit?", fragte ich.

„Etwa drei bis vier Monate vor Hannahs Geburtstermin", antwortete Ute traurig.

„Du hast eine Tochter?", fragte ich überrascht.

„Meine arme kleine Hannah ..." Ute senkte den Kopf. Sie konnte die Tränen nicht zurückhalten. „Ich bin ein Wrack, nichts mehr wert ... Nicht im Stande, ein eigenes Kind …"

Ich schob meinen Arm über den Tisch zu ihr hinüber und drückte meiner lieben Freundin tröstend die Hand. „Es kam alles ganz plötzlich. Wir bereiteten gerade ein großes Gartenfest vor. Die ersten Gäste waren schon gekommen. Dann wurde mir mit einem Mal schwindelig. Ich konnte kaum noch atmen und verlor sogar für einige Minuten das Bewusstsein." Ute tupfte sich mit ihrem Hemdsärmel die feuchten Wangen. „Ich war so schwach, dass man mich ins Bett brachte. Wenn sich Martina nicht ..."

„Martina?", fragte ich irritiert nach.

„Ja, Martina Rudiczek", antwortete Ute.

Deine Mutter erzählte mir, sie sei während ihrer Schwangerschaft – als Kasimir von dem bevorstehenden Glück noch gar nichts gewusst habe – bereits zu der Auffassung gekommen, dass sie – Martina, Kasimir und sie selbst – sich nicht länger *quälen* sollten. Wenn Kasimir ohne Martina Rudiczek scheinbar nicht sein konnte, dann sollte er sie eben haben, unter der Bedingung, dass Kasimir Ute nicht verlassen würde. Was sollte es sie dann kümmern? Sie hätte sich schon daran gewöhnt, dass, wenn sich dein Vater für eine Geschäftsreise verabschiedete, damit auch ein Aufenthalt bei seiner Geliebten gemeint sein konnte. Ute gab sich fest davon überzeugt, dass Martina die Liebe deiner Eltern nie wirklich gefährdete. Wäre Kasimir sonst bei deiner Mutter geblieben? So sah es Ute jedenfalls, wie sie mir versicherte.

Nun, aus unserer gemeinsamen Kindheit kannte ich deine Mutter als sehr willensstark, ausgestattet mit einer ordentlichen Portion gesundem Egoismus, der sich zuweilen bis zu starrem Eigensinn auswachsen konnte. Umso mehr wunderte ich mich über Utes Vorstellungen und ihre Haltung gegenüber ihrer Konkurrentin. Die Logik, mit der Ute die Situation und ihre Beziehung zu Kasimir zu retten hoffte, grenzte nach meiner Auffassung an Selbstaufgabe. Reine Selbstzerstörung, herbeigeführt durch eine mir bis dahin verborgen gebliebene, offensichtlich abgöttische Liebe zu deinem Vater, mit der Ute ihren Verstand – sich selbst – in die Irre führte? Ich weiß es nicht.

Am Tag des Festes, als deine Mutter zusammengebrochen war, hatte sie auch Martina eingeladen, um sich mit ihr auszusprechen. Ute wollte mit Martina Frieden schließen und ihr zeigen, dass sie sie als Kasimirs Geliebte akzeptierte. Außerdem wollte Ute, dass Martina von ihrer Schwangerschaft erfährt und ihr bald eine kleine Familie sein würdet. Deine Mutter wünschte sich, dass Martina Rudiczek Kasimirs und Utes bevorstehendes Familienglück respektieren würde – ebenso, wie deine Mutter Martina als Mätresse deines Vaters dulden wollte.

Martina Rudiczek sei sehr verständnisvoll gewesen! Ute hatte sogar das Gefühl, sie mochten sich ein wenig. Jedenfalls sei Martina deiner Mutter nach ihrem Zusammenbruch sofort zu Hilfe gekommen und hätte mit Kasimir das Fest für sie ausgerichtet. Zudem hätte Martina Ute das ganze Wochenende über gepflegt. Und als strebsame Studentin der Biochemie – mit Stipendium an einer der bedeutendsten Universitäten für Naturwissenschaften in England – hätte sie, mit ihren guten Kontakten zu angesehenen Medizinern, dafür gesorgt, dass deiner Mutter beste ärztliche Betreuung zuteil wurde. Eine Gunst auf die Ute verzichtete, als klar geworden war, dass es für sie keine Rettung gab.

Deine Mutter und ich verlebten eine schöne Zeit in der Villa, und versuchten dem Unausweichlichen die schönsten Momente abzuringen. Wir kochten zusammen und hielten uns stundenlang in dem wunderschönen Garten auf; schwelgten in lustigen Erinnerungen und mutmaßten, was aus dem Einen oder Anderen aus unserem Wohnviertel wohl geworden sein mochte. Wir vertrieben uns die Zeit mit allen möglichen Albernheiten, bis deine Mutter schließlich kaum mehr allein aus dem Bett aufstehen konnte.

Utes Kräfte ließen zusehends nach. Ihr Körper magerte mehr und mehr ab. Vor allem ihre Atmung war von der Krankheit stark betroffen. In immer häufigeren Anfällen extremer Kurzatmigkeit drohte meine liebe Freundin innerhalb weniger Minuten zu ersticken, wenn sie den bereitstehenden Sauerstoff nicht rechtzeitig an den Mund brachte.

Fortan übernahm ich neben den Einkäufen auch die Zubereitung der Mahlzeiten und kümmerte mich auch sonst um all die anderen Dinge im Haushalt. Zu unseren Spaziergängen im Garten hob ich Ute in ihren Rollstuhl. Damit ich auch nachts rasch bei ihr sein konnte, wenn sie Hilfe benötigte, hatten wir für deine Mutter einen Schlafraum in der oberen Etage hergerichtet und provisorisch eine Schnur von der Essensklingel in meinem Zimmer zu Ute verlegt. Abends saß ich an ihrem Bett und las ihr Geschichten vor. Manchmal löschten wir auch das Licht und erzählten uns bei flackerndem Kerzenschein Märchen oder selbst erfundene Gruselgeschichten, an die wir uns noch aus Kindestagen erinnern konnten. Teile, die wir vergessen hatten, dichteten wir einfach neu hinzu. Wenn deine Mutter eingeschlafen war, schlich ich dann leise in mein Zimmer.

An einem Abend, ich hatte gerade Utes Tür hinter mir geschlossen, schreckte mich das schrille Klingeln des Telefonapparates auf, der auf einer Kommode im Flur stand. Eilig nahm ich den Hörer von der Gabel, damit deine Mutter nicht aufwachte.

„Hier bei Weishaupt", flüsterte ich ins Mikrofon. – Keine Antwort, nur ein kaum wahrnehmbares Schnaufen und Schluchzen.

"Hallo, Hallo?", fragte ich in gedämpften Ton. –
Aufgelegt.

So ging es einige Male im Laufe der folgenden
Wochen. Ich vermutete deinen Vater hinter den
Anrufen. Kasimir und Ute hatten bereits von-
einander Abschied genommen. Ich erwähnte sie
gegenüber deiner Mutter nicht, und sie fragte
niemals nach. Doch ich meinte, sie nach solchen
Anrufen manchmal durch ihre Tür leise weinen zu
hören.

Das Frühstück, das wir gemeinsam an Utes Bett
zu uns nahmen, wurde stets zu einem kleinen
Fest. Ihre müden Augen begannen zu strahlen,
wenn ich die Tür mit einem kräftigen Fußtritt auf-
stieß und mit viel Lärm und Getöse, das Tablett
vor meinem Bauch, wankend wie ein Hochseil-
artist, vor mir her balancierte und ächzend auf der
aufgeplusterten Daunendecke ablegte. Ute nahm
dann ein paar kräftige Züge Sauerstoff, und wir
tafelten wie die Könige. Es war für sie eine solch
große Freude, dass deine Mutter für dieses üppige
Vergnügen selbst heftige Bauchschmerzen in
Kauf nahm, die sie bisweilen danach ertragen
musste.

Über einen Monat pflegte ich meine alte Spielkameradin nun schon. Und manchmal schien es,
als könnte das Schicksal für deine Mutter doch
noch eine bessere Wendung nehmen. Doch wenn
man beinah glauben wollte, dass alles nur ein

schlimmer Alptraum sei, der bald zu Ende gehen und irgendwann Besserung eintreten könne, wenn man nur nicht müde würde, lauthals seine Lebensfreude herauszuschreien, zeigte die Krankheit in erbarmungslosen Attacken ein ums andere Mal, dass es kein Entrinnen gab. Das konnte einem mehr zusetzen, als man zu ertragen vermochte.

Es war Abend, wir hatten bereits gegessen und Ute hatte die Sauerstoffmaske über Mund und Nase gestülpt. Ich saß an Utes Bett, ein dickes, abgegriffenes Märchenbuch in der Hand. Doch mir stand der Sinn nicht nach lesen. Meine Hände schwitzten so sehr, dass mir das Buch fast aus den Fingern rutschte.

„Warum *ich*?", fragte ich, die Augen starr auf den Boden gerichtet. Eine übermächtige Furcht durchflutete meinen Körper und drohte, mich und all meinen Mut hinwegzufegen, bevor das Unabwendbare zu Ende gebracht sein würde. Am liebsten wäre ich aufgesprungen und weggelaufen, um den Anblick meiner lieben Freundin, die todkrank vor mir in den hochgestellten Kissen kauerte und langsam aber unaufhaltsam dahinsiechte, nicht länger ertragen zu müssen. Deine Mutter, die regungslos im Bett hockte, spürte die Panik, die mich verzehrte. Die Tränen, die Ute in zwei schmalen Rinnsalen aus den Augen flossen, versickerten unter dem Rand der Atemmaske.

„Wir sind uns in den letzten Jahren nur wenige Male begegnet ...", sagte ich und schämte mich für meine Feigheit, der ich in diesem Moment nichts entgegenzusetzen hatte, „Gut, wir haben uns geschrieben, aber ... Dein Bruder – was ist mit deinem Bruder? Könnte nicht er besser hier bei dir sitzen ...? Bestimmt hast du in den letzten Jahren auch neue Freundschaften geschlossen – ja, was ist mit denen?" Angewidert von meinem eigenen Verrat rang ich nach Luft. Mir wurde speiübel. Ute zog mich zu sich und drückte mir ihre Sauerstoffmaske auf den Mund. Meine Aufregung legte sich nach einer Weile. Ich richtete mich auf und setzte mich auf die Bettkante.

„Bitte verzeih", sagte ich leise, „Die Nerven ..."

Wir umarmten uns und Utes süßer Duft füllte meine Lungen wie Honig. Ich konnte jeden einzelnen Rippenbogen an Utes ausgemergeltem Körper, den sie unter ihrem weiten Nachthemd vor mir verborgen hielt, fühlen.

„Bitte, bleib bei mir, Ludwig", flüsterte sie mir ins Ohr, „unsere Kindheit, unsere gemeinsame ... Es war die schönste und unbeschwerteste Zeit in meinem Leben. Du warst mein Spielkamerad, mein bester Freund, wenn ich es auch nie ausgesprochen habe. Ich weiß, du respektierst meinen Wunsch, in aller Stille zu gehen. Das ist so wichtig für mich." Ute drückte sich fest an mich.

„Deshalb wollte ich, dass *du* bei mir bist ... Bitte!"

„Ja", sagte ich entschlossen, „ja, ich bleib hier."

Deine Mutter küsste mich weich auf den Mund. Doch dann stieß sie mich zurück. „Weißt du, was ich jetzt vertragen könnte?", rief Ute plötzlich, schelmisch, mit weit aufgerissenen, leuchtenden Augen. Ihre Traurigkeit war mit einem Mal verflogen, obwohl Ute schwer atmete. „Ein Gläschen Sekt!", antwortete deine Mutter selbst.

„Sekt?" Es dauerte einen Moment, bis ich meinen Seelenschmerz abschütteln konnte. Doch Utes gute Laune gab mir Kraft, und meine Schwermut verwandelte sich in spontane Heiterkeit. „Du bist verrückt ... Aber bitte schön, meine Dame, Ihr Wunsch sei mir Befehl! Doch sei Sie gewarnt: Wenn Sie dem Laster Alkohol weiterhin frönt, nimmt es mit Ihr noch ein böses End!" Wie ein besserwisserischer, eingebildeter Pfau stolzierte ich in die Küche und holte Sekt und Gläser.

Inzwischen war es dunkel geworden. Wir entzündeten ein Kerze, ich gesellte mich der Länge nach auf der Bettkante zu Ute und füllte unsere Gläser, um miteinander anzustoßen. Doch da klingelte das Telefon im Korridor vier-, fünfmal. Ich wollte aufstehen.

„Nein!", sagte Ute und hielt mich am Arm. Ihr Ton war bestimmend und flehend zugleich. Wir schauten uns an und schwiegen, bis das Klingeln endlich verstummte. Dann tranken wir. Deine Mutter leerte ihr Glas in einem Zug.

„Ludwig, schlaf mit mir ... Jetzt!" Ute wirkte schwach. Doch ihr fester Wille funkelte in ihren Augen: Meine Spielgefährtin hatte sich etwas in den Kopf gesetzt und würde alles daran setzen, um es zu erreichen.

„Ich ... Ich kann nicht", erwiderte ich verlegen. An Utes triumphierender Miene, war zu erkennen, dass sie eine solche Antwort von mir erwartet hatte und ziemlich genau wusste, wie sie es angehen musste, damit ich ihrem Wunsch nachkommen würde. Sie nahm ein paar schnelle Züge aus ihrer Sauerstoffflasche.

„Ludwig Ringelsteg!", rief Ute empört, „Dein Edelmut in allen Ehren ... Aber als ich dich bei dir Zuhause besucht habe, warst du nicht so zimperlich!" Die Aufregung schien deiner Mutter gut zu tun, denn sie bekam Farbe ins Gesicht. „Mach dir keine Gedanken", redete sie dann beruhigend auf mich ein, „das hat nichts mit Kasimir und mir zu tun." Von ihren Wangen tropften einige feine Tränen auf ihr Nachthemd. „Ich ... Ich brauch dich jetzt einfach. Ganz nah ..." Ute fasste mich am Kragen. „Meine Zeit ist bald um", stammelte sie, „und ich fürchte mich so sehr, verstehst du? – Ja, ich liebe Kasimir. Aber Du, sei Du mein ... mein Gefährte der letzten Stunde. Ludwig ... Bitte!"

„Mmh, wenn du es willst", antworte ich unsicher.

Das aufwühlende Hin und Her hatte deine Mutter viel Kraft gekostet. Das Weiß in ihren Augen verfärbte sich gelblichtrüb. Sie hatte wohl Recht. Bald würde es zu Ende sein. Alles, was wir heute getan hatten, was wir gerade redeten und was immer wir in dieser Nacht noch gemeinsam erleben und fühlen würden, all das könnte das allerletzte Mal sein.

Auch ich trank meinen Sekt aus und schenkte gleich noch mal nach. Doch Ute entriss mir das Glas. „Nicht so viel, Ludwig, sonst wird das nichts mehr!", schimpfte sie und grinste dabei nachsichtig. Bei ihr selbst hatte sie diese Befürchtung offensichtlich nicht. Deine Mutter setzte mein Glas an, trank den Inhalt in einem hinunter und stellte den geleerten Kelch bei Seite.

Nur das Flackern einer dicken Kerze erhellte das mollig geheizte Zimmer mit schummrigem Licht. Ich entledigte ich mich Hemd und Hose samt Unterwäsche und stand vor dem Bett – nackt und unübersehbar für unser Vorhaben bereit. Meine alte Spielgefährtin legte die Atemmaske zur Seite und zog ihr Nachthemd über den Kopf aus. Utes Brüste hingen schlaff über den Rippen, die sich deutlich unter der Haut abzeichneten. Ich legte mich aufs Bett, umfasste Ute und zog sie an ihren knochigen Lenden von den Kissen zur Mitte

der Matratze. Ohne mein volles Gewicht niedersinken zu lassen, schob ich mich sachte über
meine liebe Freundin. Wir küssten uns sanft aber
innig. Wir liebten uns in großer Zärtlichkeit, bis
deine Mutter schließlich erschöpft auf dem
Rücken liegend Ruhe suchte.

„Ich liebe Kasimir, „säuselte sie müde, „aber du
bist ..." Ich legte meinen Zeigefinger auf ihre
Lippen. „Mach dir keine Gedanken über mich",
sagte ich liebevoll, „es ist gut, so wie es jetzt ist."

„Ludwig, ich habe Angst, vor dem was kommt."
Ute schaute mich fragend an, mit einem hilflosen
Lächeln in ihrem fahlen Gesicht. „Wie wird es
wohl sein, wenn man tot ist?" Sie schloss die
Augen. Ihr Kopf fiel zur Seite.

„Ute! Ute!", schrie ich und fasste sie an den
Schultern.

Sie hob ihre Augenlider für einen Moment und
lächelte. „Bitte bleib bei mir", flüsterte sie kaum
hörbar.

Ich setzte mich auf den Sessel neben dem Bett
und hielt Utes Hand. Deine Mutter schlief bald
ein, und ich versank sitzend in einen unruhigen
Dämmerschlaf.

Das helle Licht des neuen Tages ließ mich zö-
gerlich erwachen. Ute lag noch immer da wie am
Abend zuvor, ihre Hand fest in meine vergraben.
Sanft strich ich meiner lieben Freundin über die
Wangen und neigte mich zu ihr. Ich legte meinen

Kopf mit dem Ohr an Utes Herz und fühlte mit den Fingern am Hals nach ihrem Puls. Die liebliche Wärme deiner Mutter war noch zu spüren und ihr süßer Duft noch nicht verflogen, aber das Leben war bereits aus ihrem Körper gewichen. Die Standuhr auf dem Flur schlug zur vollen Stunde. Elf Uhr.

Ich saß noch eine Weile bei Ute und hielt ihre Hand. So gerne hätte ich mich mit ein paar kleinen Tränen von meiner alten Spielgefährtin verabschiedet. Doch ich wollte nicht glauben, nicht wahrhaben, was nun unabänderlich zu Ende gegangen war.

Ich rief deinen Vater an. Wir sprachen nicht viel.

„Hat sie sehr ...?", begann Kasimir weinerlich.

„Nein. Sie ist sanft eingeschlafen", unterbrach ich ihn, „ich habe noch den ganzen Abend bei ihr gesessen", log ich. „Soll ich den Arzt verständigen?", fragte ich.

„Vielen Dank, Ludwig, aber Martina kümmert sich ... Ich komme jetzt in die Villa", sagte Kasimir.

Ich schaue hinüber zu Hannah. Doch ich kann ihre Umrisse nur verschwommen wahrnehmen. Die tragischen Erlebnisse von einst scheinen sehr an meinen Nerven zu kratzen. Ich reibe mir kräftig meine abgespannten, müden Augen. Ute Luttmanns Tochter sieht wehmütig lächelnd zu mir herüber. Ich freue mich über ihren Besuch und genieße ihre Anwesenheit. Auch wenn Hannah die Erinnerungen an den tragischen Tod einer lieben Freundin in mir heraufbeschworen hat, so hat sie mir ebenso viele schöne Bilder aus längst vergangener Zeit ins Gedächtnis gerufen.

"Macht es dir etwas aus, dass ich mit Ute ... mit deiner Mutter ... äh ...?", frage ich stotternd.

"Dass du mit ihr geschlafen hast? Oh, Ludwig, es ist so wundervoll, dass du da warst, als es zu Ende ging – und sie hat dich so sehr lieb gehabt", antwortet Hannah sanft. "Was also sollte daran falsch oder nicht gut gewesen sein?"

Es erstaunt mich, wie sehr mich der Zuspruch eines Teenagers berührt und zumindest für den Augenblick beruhigt. Ich weiß nicht, ob Hannah noch mehr hören will. Doch ich erzähle weiter. Vielleicht, weil ich fürchte, dass die Erinnerung an das traurige Ende meiner alten Freundin mich nicht wieder zur Ruhe kommen lassen wird, wenn ich das Geschehene nicht auch in meiner Vorstellung noch einmal abschließe und endgültig in die Vergangenheit verabschiede...

Kasimir hatte für die Trauerfeier einen Raum in einem der besseren Lokale der Stadt gemietet. An einer langen Tischreihe in der im Biedermeier-Stil eingerichteten Gaststube saßen seine Elternfamilie, weitere Verwandte sowie Kasimirs beiden Geschäftspartner mit Ehefrau und Kindern. An den Tischen daneben Utes Bruder, ihre

102

Eltern und ich; zwischen uns einige leere Stühle von ehemaligen Kommilitonen und Kommilitoninnen deiner Mutter, die die Totenfeier bereits verlassen hatten. Die Eltern meiner Spielkameradin wussten von unserem gelegentlichen Briefkontakt. Aber sie hatten weder von meiner Anwesenheit bei Ute bis zu ihrem Tod noch von den schicksalhaften Eheproblemen ihrer Tochter Kenntnis.

„Möchten Sie noch Kaffee?", fragte die Bedienung höflich und hielt die Kanne über meine Tasse. Ich nickte zustimmend, obwohl ich keinen mehr wollte. Dein Vater näherte sich mit gesenktem Haupt meinem Tischende und setzte sich zu mir. Er legte seine Hand auf meinen rechten Unterarm. An seinem Finger steckte auch Utes Ehering.

„Du willst sicher bald abreisen?", fragte Kasimir.

„Ich muss", antwortete ich und legte meine linke Hand auf seine. „Ist alles in Ordnung? Wirst du zurechtkommen?", fragte ich mit ehrlich gemeintem Mitgefühl, denn Kasimir litt sehr unter dem Tod deiner Mutter.

„Ja, es geht", erwiderte Kasimir traurig. „Ich wollte dir noch sagen ... Es war sehr anständig und so mutig von dir, dass du bei Ute geblieben bist. Glaubst du nicht auch, dass es so das Beste war?", fragte Kasimir. Seine Augen wurden feucht.

„Ute wollte es so", antwortete ich und hielt mit Mühe meine Tränen zurück.

„Ich muss jetzt gehen", sagte ich zu deinem Vater, „du kannst mich jederzeit anrufen, okay? Und wenn du mal in meiner Gegend bist, besuchst du mich – versprochen?" fragte ich und lächelte.

Kasimir wischte sich die Tränen aus den Augenwinkeln und rückte seine heruntergerutschte Brille zu recht. „Versprochen", antwortete er und lächelte freundlich zurück.

Zum Abschied umarmten wir uns. An Kasimirs Kleidung haftete, vom *zitronigen* Aroma eines scheinbar übermäßig aufgetragenen Parfüms nicht ganz überdeckt, noch immer Utes süßer Duft. Ich wollte ihn nie vergessen.

Beim Verlassen der Feierlichkeit stieß ich mit einer Teilnehmerin zusammen, die beim Betreten des Gastraumes den letzten Rest Zigarettenqualm aus ihren Lungen blies. Eine auffällig zurechtgemachte Frau Anfang, Mitte Dreißig, von dünner, fast magerer, knochiger Statur, in einem knappem, schwarzen Minikleid. Tiefen Falten, die sich an beiden Seiten des schmalen Mundes vom Nasenansatz bis zum Kinn zogen, gaben den strengen Gesichtszügen etwas Verlebtes und vervollständigten dabei die herbe Schönheit der attraktiven Erscheinung. Ihre stechenden Augen versuchten einem beim ersten Blickkontakt hinter die Stirn zu schauen. Ein ungutes Gefühl, eine innere Stimme riet einem zur Vorsicht bei der Begegnung mit einem Charakter ihres Schlages, der seinen Mitmenschen gekonnt Gleichgültigkeit vorgaukelt, damit aber lediglich sein wahres Wesen und wirkliche Absichten mit scheinbarem Desinteresse kaschiert. Hinter ihrem Antlitz lauerte die subtile Intelligenz einer ganz und gar narzisstischen Person, die jede Möglichkeit, die sich ihr bot, um ihr Ziel zu erreichen, rücksichtslos zu nutzen bereit war. Die Frau in Schwarz entschuldigte sich kaum hörbar mit rauchiger Stimme, eingehüllt in eine zitronig-herbsüße Wolke und warf dabei ihr langes, blondes Haar nach hinten. Martina Rudiczek. Ich nickte gezwungen freundlich und zwängte mich an ihr vorbei ins Freie.

Ich war froh, endlich der bitterkalten Stimmung, die Totenfeiern anhaftet, entfliehen zu können, in der sich verhaltene Freude über so manches unverhoffte Zusammentreffen alter Bekannter, mit Trauer und Schmerz über den Verlust eines lieben Menschen, zu einer grotesken, feucht-fröhlichen Festlaune vermischen. Müde trottete ich zum Bahnhof. Eine halbe Stunde später fuhr mein Zug.

Eine zaghafte Berührung an der Schulter holt mich wieder zurück in die Gegenwart. Hannah Weishaupt sitzt auf der Lehne meines Sessels. Ich dreh meinen Kopf zu Hannah und berühre dabei mit der Nasenspitze den Stoff ihres Oberteils. Ein süßer Wohlgeruch legt sich wie ein flauschiges Tuch über meine Sinne. Und wie durch einen magischen Zauber, scheinen für einen Moment Vergangenheit und Gegenwart miteinander zu verschmelzen. Ich drück mich aus dem Sessel hoch und fasse Hannah liebevoll an den Oberarmen. Doch sie entzieht sich mir mit einer energischen Körperdrehung und packt mich ihrerseits an den Schultern.

"Ludwig, ich will dir sagen, warum ich gekommen bin." Hannahs Blick ist ernst und entschlossen. Mir fällt es schwer, die vielen Gedankenbilder in meinem Kopf bei Seite zu schieben und mich auf das Hier und Jetzt zu besinnen. Doch Hannah ist hartnäckig:

"Ludwig", ruft sie und rüttelt an mir, "Ludwig, hör zu, was ich dir sage: Meine Mutter, deine alte Freundin, ist nicht *einfach so* krank geworden!"

"Wie ... Wie meinst du das? Sie ist nicht einfach so ...?", frage ich.

"Sie wurde vergiftet!", antwortet Hannah Weishaupt mit fester Stimme.

"Vergiftet? Aber ... Aber wer sollte ...?"

"Du fragst, wer? Wer hatte denn etwas davon, wenn meine Mutter aus dem Weg geräumt war?"

"Du meinst ...?" Mit wird schwindelig. Entsetzt lass ich mich wieder in den Sessel zurückfallen und nehme rasch einen Schluck Weinbrand in der Hoffnung, dass er meine Nerven beruhigt.

"Ja, Ludwig – Martina Rudiczek! Meine Stiefmutter, dieses Miststück ..." Hannah läuft aufgeregt in meinem Büro hin und her, "und *du* wirst mir helfen, sie zu überführen. Martina Rudiczek muss ihre gerechte Strafe bekommen!"

Ich habe Mühe, nicht meinen wackligen Beinen nachzugeben und mich einfach ohnmächtig niedersinken zu lassen. Gerade eben ist ein Stück Vergangenheit und der Abschied von meiner alten Spielgefährtin Ute Luttmanns noch einmal in meinem Herzen zum Leben erwacht, und jetzt plötzlich befinde ich mich inmitten eines Sammelsuriums von haarsträubenden Verdächtigungen und Rachegelüsten. Hannah redet auf mich ein wie eine Besessene.

"Ich habe mich heimlich im Bekanntenkreis meines Vaters umgehört – und mit dem, was du mir erzählt hast, habe ich jetzt Gewissheit: Martina wollte Kasimir für sich alleine und hatte nicht eine Sekunde die Absicht, ihn mit meiner Mutter zu *teilen*. Freundschaft mit Ute, unsere kleine Familie respektieren – pah, alles Heuchelei! Martina wollte meine Mutter loswerden – und zwar möglichst schnell und so, dass kein Verdacht auf sie selbst fiel." Hannah setzt sich wieder auf die Couch und nippt aufgewühlt an ihrem ungefüllten Glas.

"Aber ... Aber wie ...?", frage ich stotternd.

"Wie? Die Einladung zu dem Fest gab dieser Gift speienden Kröte die beste Gelegenheit dazu! Als Mutter zusammenbrach ... Das war *sie*! Martina hatte deiner Ute heimlich eine neuartige chemische Substanz verabreicht!"

"Eine chemische Substanz?", frage ich, schütte den Rest des Weinbrandes aus der Flasche in mein Glas und leere es auf einen Rutsch. Doch mein Schwindelgefühl bleibt, und eine gewisse Verwirrtheit gesellt sich hinzu. Ich befürchte, dass der viele Alkohol – den ich im Allgemeinen nur gelegentlich, dann auch nur in Maßen genieße und schon gar nicht zu dieser frühen Tageszeit – inzwischen die Hauptursache für meinen etwas *unausgeglichenen* Zustand ist.

"Sie hat keinen Handelsnamen!", belehrt mich Hannah, „nur eine chemische Bezeichnung: HZ-35-A."

"Wie ... Was? Woher weißt du ...?", frage ich verblüfft.

"Ich weiß es eben", antwortet die Tochter meiner Spielgefährtin genervt und redet weiter auf mich ein. "Auf die teuflische Mixtur ist Martina bei Versuchen während eines Forschungsauftrages zufällig gestoßen. Sie entdeckte, dass das Gemisch, anstatt einen gefährlichen Virus erfolgreich zu bekämpfen, Nerven und Muskeln und angreift und eine extrem schnell voranschreitende

Form Multipler Sklerose auslösen kann. Das Mittel, dessen Eigenschaften sie für sich behielt, zerfällt im Körper nach kurzer Zeit fast vollständig. Doch ist die verheerende Wirkung einmal entfacht, erwartet den Betroffenen ein qualvolles Siechtum, das schließlich irgendwann zum Tode führt!"

Ich bin fassungslos und hole eine neue Flasche Weinbrand aus dem Schrank, die mir Hannah jedoch entreißt und kurzerhand in den Papierkorb plumpsen lässt.

"Lass das, Ludwig, sonst wird das nichts mehr!", faucht Hannah Weishaupt.

"Aber angenommen, du hättest recht mit deinem Verdacht, wie sollte man das nach so langer Zeit noch feststellen?"

Hannah grinst wie einer Siegerin. "Tja, mein lieber Ludwig, gerade die lange Zeit ist es – die nötig war und die Martina Rudiczek nun zum Verhängnis werden soll: HZ-35-A ist zwar nicht mehr im Ganzen als vollständige chemische Verbindung feststellbar, aber es enthält, neben Substanzen, die im menschlichen Körper ohnehin vorhanden sind, eine Mischung ganz besonderer, nur wenigen Fachleuten bekannter und extrem seltener, halbsynthetischer Stoffe, die in ihrer Kombination den tödlichen Schneeballeffekt verursachen – und sich in kleinsten Mengen in den Knochen ablagern. Für alle Zeit! Und mit einer erst vor kurzem entwickelten, völlig neuartigen Analysemethode können sie jetzt nachgewiesen werden! Ein Beweis für die Ewigkeit, nicht wahr?", trällert Hannah entzückt.

"Um Himmels Willen, soll deine Mutter ... Soll Ute nach sechzehn Jahren etwa exhumiert werden?", frage ich.

„Das wird nicht nötig sein", antwortet Hannah überzeugt. „Wenn meine Stiefmutter erfährt, dass jemand von HZ-35-A weiß und es mit ihr und meiner Mutter in Verbindung bringen kann, wird das Schicksal seinen Lauf nehmen. Die Vorstellung, entdeckt und als mordende Giftmischerin zur Rechenschaft gezogen zu werden, ihre Karriere als Trümmerhaufen vor sich zu sehen und ihren Lebensabend im Gefängnis zu verbringen, wird Martina den Gar ausmachen – ein für alle Mal. Verlass dich drauf!"

"Und wie willst du das anstellen?", frage ich.

"Nicht *ich*", antwortet Hannah triumphierend, „*Du!*"

"*Ich?*"

"Ja, du, Ludwig Ringelsteg! *Du* wirst Martina Rudiczek anrufen!"

"Ich werde ...? Aber wozu? – Was soll ich sagen?", frage ich.

Hannahs Augen leuchten. "Oh, nicht viel: *HZ-35-A – Martina Rudiczek. Du kennst es. Es steckt Ute Luttmanns in den Knochen!*"

"Hannah, du bist verrückt! Ich soll ..."

"Du *musst*, Ludwig – für *deine* Ute." Hannah drückt mir einen Zettel mit einer Telefonnummer in die Hand. "Heute Abend gegen zwanzig Uhr. Sie wird zuhause sein – allein. Kasimir kommt nicht vor morgen von einer Geschäftsreise zurück ... und denke daran, an deinem Telefonapparat die Rufnummererkennung abzuschalten."

Die Tochter meiner alten Spielkameradin fasst mich an den Schultern. "Du wirst Martina doch anrufen?", fragt sie mit funkelnden Augen.

Hannah hat scheinbar an alles gedacht. Selbstverständlich werde ich anrufen. Das bin ich Ute schuldig. Und wenn es nicht stimmt, und Martina mit ihrem Tod nichts zu tun hätte – was sollte schon passieren? Das Leben würde einfach weitergehen. Niemand – außer Hannah – weiß, dass ich es bin, der Martina anruft.

"Also gut, ich mach es!", ruf ich laut wie bei einem Schwur. Dabei spritzen einige Tröpfchen Spucke aus meinem Mund durch die Luft – der viele Weinbrand entfaltet mehr und mehr seine Wirkung. Doch mein Kopf ist so klar, wie nie zuvor. Ich bin fest entschlossen und fühle Stolz in meiner Brust, Ute Luttmanns – meiner liebsten Spielkameradin – nach ihrem Tod noch einen solchen Dienst erweisen zu können!

"Wunderbar! Du wirst es schaffen!" Hannah Weishaupt streichelt mir liebevoll über den Hinterkopf wie eine ältere Schwester, die ihrem kleinen Bruder Mut machen will, weil der das erste Mal vom Dreimeterbrett springen soll. "Ich muss jetzt gehen", sagt Hannah leise und küsst mich sanft auf die Wange. Ihre Augen werden feucht. "Lebewohl, mein lieber Ludwig Ringelsteg!"

Mich schaudert es. Warum *Lebewohl*? Ich will sie noch fragen, doch Hannah hat sich bereits abgewendet und verlässt mein Büro. Die Tür fällt hinter ihr lautlos ins Schloss.

Ich setze mich an meinen Schreibtisch und lehne mich müde zurück. Nach einiger Zeit schreckt mich die klare Stimme von Frau Gösebrecht durch die Gegensprechanlage auf.

"Wenn Sie mich nicht mehr brauchen, mach ich jetzt Schluss, Herr Ringelsteg. Sie wissen, dass ich morgen einen Tag Urlaub habe?"

Es ist bereits Arbeitsschluss. Ich muss auf meinem Stuhl eingedöst sein, nachdem Hannah gegangen ist. Ich verabschiede mich von Frau Gösebrecht durch das Mikrofon und geh hinüber zur Fensterfassade meines Büros, von der aus man die Stadt überblicken kann. Die Dämmerung verwandelt sich unmerklich in tiefe Dunkelheit. Begleitet von dumpfem Motorengeräusch und tönendem Gehupe, schlängelt sich das Gewimmel zahlloser Scheinwerfer des dichten Berufsverkehrs zwischen den Straßenlaternen hindurch.

Ich verbringe den frühen Abend am Fenster stehend, noch immer beeindruckt von Hannahs Auftritt. Hin und her gerissen von einem Stück Vergangenheit, das sich innerhalb weniger Stunden hautnah Platz und Gehör im Hier und Jetzt hat verschaffen können.

Meine Armbanduhr zeigt zwanzig Uhr. Ich darf nicht vergessen Frau Gösebrecht zu sagen, dass die Batterie der Wanduhr erneuert werden muss. Ich stelle die Rufnummererkennung an meinem Telefonapparat ab und wähle zögernd die Nummer, die mir Hannah aufgeschrieben hat. Obwohl ich sie nur wenige Male gehört habe, erkenne ich Martina Rudiczeks rauchige Stimme sofort. Ich spreche die verhängnisvollen Worte. Es bleibt still am anderen Ende. Ich wiederhole meine Botschaft noch einmal und lege den Hörer wieder auf, ohne eine Antwort abzuwarten. Aus Furcht, Martina Rudiczek könnte mich sogleich zurückrufen, aufs schlimmste beschimpfen und mich gar mit ihrem Hass gegen Ute Luttmanns überziehen, verlasse ich eilig das Büro.

Am nächsten Morgen frühstücke ich wie üblich im Cafe nahe meinem Büro. Ich hole mir die Morgenzeitung von einem unbesetzten Nachbartisch und lese die fetten Lettern auf der Titelseite:

,Eine Mörderin richtet sich selbst!

Dr. Martina Rudiczek – Selbstmord der Todes-Chemikerin!'

Im Bericht ist zu lesen, dass die erfolgreiche und prominente Biochemikerin hätte nicht länger leben können mit der Schuld, die sie mit der bereits Jahre zurückliegenden, heimtückischen Ermordung der ersten Ehefrau ihres Gatten – einem bekannten Juristen – auf sich geladen hatte. Aus Eifersucht und Habgier habe sie ihre Konkurrentin skrupellos aus dem Weg geräumt. So hätte es die Mörderin, die am Vorabend ihrem Leben mit einer hohen Dosis Gift selbst eine Ende gesetzt hat, in einem Abschiedsbrief gestanden.

Ich schiebe einen Geldschein unter meine Tasse, verlasse das Café und eile in die Firma, vorbei an Frau Gösebrechts heute unbesetztem Schreibtisch, in mein Büro, um aus Sorge um Hannah bei Kasimir Weishaupt anzurufen.

„Hallo Kasimir. Hier ist Ludwig, Ludwig Ringelsteg. Du weißt, wer ich …? – Ja, ich habe gelesen, was geschehen ist. Es tut mir so leid, für dich – und deine Tochter Hannah."

"Hannah?", fragt Kasimir, "Ich versteh nicht …? Hannah ist gestorben … vor siebzehn Jahren, bei der Geburt! Ich dachte, du wüsstest das. Das war für Ute schlimmer als ihr eigenes Schicksal. Es war ein Schock."

Mir ist, als würde heißes Blei in meinen Magen strömen. Kasimir lässt mich nicht zu Wort kommen, worüber ich sehr froh bin. Ich könnte im Augenblick ohnehin keine Silbe herausbringen.

„Sie hatte eine Fehlgeburt gehabt. – Ja, ich erinnere mich wieder, es war kurz bevor du Ute das erste Mal in der Villa besuchtest", sagt Kasimir. „Die Ärzte vermuteten die Ursache bei den Medikamenten, die Ute wegen ihrer Krankheit nehmen musste. Oh, es war so schrecklich ... Und jetzt muss ich erfahren, dass Martina ... Stell dir vor, Ludwig: Ich habe mit Martina all die Jahre zusammengelebt," stammelt Kasimir Weishaupt fassungslos, „bringt sich um – ausgerechnet an Utes Todestag." Kasimir heult hysterisch ins Telefon.

Ich beende die Verbindung, ohne mich zu verabschieden. Schweißperlen schießen mir auf die Stirn. Utes Todestag. Den hatte ich über die Jahre nach ihrem Tod völlig aus meinem Gedächtnis verbannt – zusammen mit all den Erinnerungen an den schmerzvollen Verlust meiner alten Spielkameradin. Ich schau zur Wanduhr. Sie funktioniert wieder und zeigt die exakte Uhrzeit an!

Auf der Couch, an dem Platz auf dem Hannah gesessen hat, liegt ein Stück Papier. Utes Abschiedsbrief, den Hannah vor meinen Augen in ihre Handtasche zurückgesteckt hat, und die Haarsträhne!

Ich halte den Zettel mit Martina Rudiczeks Namen und Telefonnummer, den Hannah geschrieben hatte, neben den Brief und betrachte die beiden Schriftstücke genau: Das Papier von Utes Brief und die Tinte haben unter der Einwirkung von Licht und Luft offensichtlich arg gelitten – wie es nach so vielen Jahren nicht anders zu erwarten ist. Das Weiß des Papiers hat ein fahles Gelb angenommen und die blaue Tinte weist zwar noch gut erkennbare Konturen auf, ist zwischen den Rändern der Buchstabenlinien aber verblasst. Hannahs Notiz hingegen zeigt eine frische tiefblaue Färbung. Jedoch: bei beiden die gleiche Handschrift! – *Ihr Gefährte der letzten Stunde ...* Einige der letzten Worte, die Ute an mich gerichtet hatte. Das konnte nur Ute Luttmanns selbst wissen!

Ich wage kaum, den Gedanken zu Ende zu denken, so absurd und unglaublich erscheint mir, was mir widerfahren ist und was jeglicher Vernunft widerspricht. Ich weigere mich, die Begegnung mit Hannah Weishaupt als Halluzination, als Ausgeburt meiner Fantasie abzutun und das Erlebte zu leugnen. Fest steht: Ich habe auf Hannahs – nein – auf Ute Luttmanns Geheiß Martina Rudiczek angerufen – und meine alte Freundin hat mit ihrer Beschuldigung recht gehabt!

Am nächsten Morgen frage ich Frau Gösebrecht beiläufig, welchen Eindruck sie von der letzten

Bewerberin – Hannah Weishaupt – gehabt habe, die zwei Tage zuvor ins Büro gekommen ist. Doch Frau Gösebrecht weiß nicht, wen ich meine. Zu ihrer eigenen Verwunderung habe sich an besagtem Tag nicht eine einzige Person wegen der Ausbildungsstelle gemeldet. Zudem hätte ich mich in mein Büro zurückgezogen und sie darum gebeten, alle Termine für diesen Tag abzusagen und nicht mehr gestört zu werden. – Nein, eine Hannah Weishaupt habe sich bei ihr bisher nicht vorgestellt. Frau Gösebrecht, die mir schon einige Zeit damit in den Ohren liegt, dass ich mir doch endlich einen wohlverdienten Urlaub gönnen solle, schaut mir mitleidig nach, als ich in mein Bürozimmer gehe. Ich spüre ihren besorgten Blick im Rücken, bis ich die Tür hinter mir geschlossen habe.

Auf meinem Schreibtisch liegt noch die Notiz mit Martina Rudiczeks Telefonnummer und der Fragebogen, den Hannah Weishaupt ausgefüllt hat. Ich versuche zu lesen, was sie geschrieben hat. Doch umso mehr ich mich bemühe, die Worte zu erkennen, desto mehr verblassen die Buchstaben, bis sie schließlich restlos von dem Blatt verschwinden.

Erschrocken fasse ich in meine Jackentasche und taste nach Utes Abschiedsbrief. Doch ich finde nur noch ein vergilbtes, unbeschriebenes Stück Papier und die schwarze Haarsträhne. Ich halte sie an meine Nase und atme den süßen Duft, den ich so gut erinnere, wehmütig ein; und im nächsten Moment zerfällt das kleine Haarbüschel in meiner Hand zu Staub.

Ein etwas schwieriger Fall

Es ist Samstagabend, bereits nach zwanzig Uhr. Das schrille Klingeln des Telefons hat Benjamin Müller aus seinem wohlverdienten Couchschlaf gerissen. Erschöpft und übel gelaunt lässt der Schriftsteller den Hörer wieder auf die Gabel rutschen.

Da Benjamins Agent momentan derart überlastet sei, habe *er* – der Stimme nach, ein älterer, behäbiger Herr und angeblich ehemaliger Studienkollege des Agenten – sich spontan angeboten, Benjamin Müller *auf dem letzten Stück Weg* zu seinem neusten Werk zu begleiten. So hat der Alte am anderen Ende der Leitung überschwänglich erklärt. Schließlich sei die Story *so gut wie im Kasten*, hat er mit der unpassenden Metapher gewitzelt und dabei verschroben gekichert; und er freue sich sehr, auf seine alten Tage als *Agentenkompagnon* noch einiges seiner immensen Erfahrung eines langen Lebens weitergeben zu können.

Deshalb hat es sich der aufsässige Kompagnon auch nicht nehmen lassen – außer den Fernanweisungen, die er im Auftrag von Benjamins Agenten übermitteln solle, zu allem Überfluss noch ein paar eigene altkluge Ratschläge beizusteuern:

„Natürlich ist das Manuskript für ihr Buch vorzüglich. Ihrer Hauptfigur in feinsinnigen Episodengeschichten Leben einzuhauchen ... Nein, wirklich, eine wundervolle Idee! Gran-di-os! Aber es fehlt noch – wie soll ich sagen...? – der richtige Abgang. Ein Paukenschlag! Am Ende muss ein richtiges *Knallbonbon* kommen!"

Das impertinente Getue des besserwisserischen Alten hat Benjamins Blutdruck binnen Sekunden in die Höhe getrieben ... „Ihrem *Herrn Marek* muss mit einem Mal *alles* klar werden. Herr Müller, Sie machen das schon – nur eben den Schluss noch mal überarbeiten ... Sie wissen, dass der Verlag das Manuskript am Montag fertig auf dem Tisch haben will?"

Widerwillig schleppt sich Benjamin Müller ins Arbeitszimmer, hockt sich wieder an seinen Computer und starrt auf die blanke Mattscheibe des Bildschirmes. Benjamins Frau Sigrun war für ein paar Tage zu ihrer Schwester gefahren und ist erst heute am frühen Abend wieder zurückgekommen. Während ihrer Abwesenheit hat der Schriftsteller seinem Manuskript in einem mehrtägigen *Arbeits-marathon* den letzten *Schliff* geben wollen – was nach Auffassung seines Agenten und dessen *ver-ehrten Herrn Kompagnon* offensichtlich noch nicht so recht gelungen ist.

Erst jetzt bemerkt Benjamin, dass er seine liebe Frau bei ihrer Ankunft nicht einmal begrüßt hat. Aufgescheucht durch das Telefonat mit dem geschwätzigen Alten, ist er wortlos an Sigrun vorbeigehastet und hat sich ins Arbeitszimmer verkrochen. Sie wird ihm seine Nachlässigkeit verzeihen, denkt Benjamin Müller bei sich. Seine herzensgute Frau weiß um seine *Anfälle* überschießenden Schaffensdranges, wenn es auch an diesem Tag nicht die Lust am Schreiben ist, die den Autor treibt.

In wenigen Jahren würde er in Pension gehen, wäre er kaufmännischer Abteilungsleiter geblieben. Doch Benjamin ist froh, dass er sich für die literarische Arbeit entschieden hat. Sie hat ihm über viele Jahre große Freude bereitet, und er wurde dafür reichlich belohnt. Seine Karriere als Schriftsteller ist schnell steil nach oben gegangen und hat Benjamin sich und seiner Familie – seine Frau und ihren drei inzwischen erwachsenen Kinder – ein Leben in finanzieller Unabhängigkeit ermöglicht.

Aber wenn man erfolgreich sein will, muss man besonders in einer solchen Branche immer am Ball bleiben, immer mit neuen Ideen aufwarten, mit dem Unerwarteten spielen. Doch der Erfolgsautor ist die Hetze und den Druck seines Agenten müde; das ständige Hinterherhecheln der Medien. Die hohen Erwartungen seines Publikums, das seine Geschichten liebt. Schon seit längerem denkt Benjamin Müller darüber nach, dass das Buch, an dem er gerade arbeitet, vielleicht sein letztes sein könnte. Längst hat er genug verdient, um mit Sigrun einen geruhsamen Lebensabend verbringen zu können. Ab und an könnte er im Ruhestand, nur zu seinem eigenen Vergnügen, kleine Geschichtchen oder ein schönes Gedicht niederschreiben, träumt Benjamin vor sich hin. Mit den Recherchen im Rotlichtmilieu, die der gewitzte Autor besonders in jungen Jahren, zwar nur gelegentlich, aber mit Leidenschaft, unternommen hat, wäre es dann allerdings vorbei. Für Benjamin Müller ebenso selbstverständlich, wie der Umstand, dass seine brave Ehefrau von seinem bisweilen *aufopferungsvollen* Arbeitseifer nicht die geringste Ahnung hat. Wobei Benjamin sich selbst zugute hält, dass eine *echte* Affäre für ihn auch als junger Heißsporn nie in Frage gekommen wäre.

Dass das Ausmaß seiner Gelüste nach ausschweifenden, körperlichen Genüssen inzwischen nur mehr geringer Erwähnung bedarf, kümmert den fast Sechzigjährigen wenig. Benjamin Müller muss grinsen, hat er doch in seinem erfüllten Leben weiß Gott genügend *Stoff* gesammelt, um als Pensionär an langen Winterabenden vor dem warmen Kamin stundenlang in Erinnerungen schwelgen zu können – in schönen und in anregenden. Verrückte, wilde Zeiten hat Benjamin erlebt, die er nicht missen möchte. Zumal sie sich für seine schriftstellerische Arbeit in der Tat als äußerst zuträglich erwiesen haben. Immerhin wurde einer seiner Romane, der in der verrufenen

Halbwelt des Bahnhofsviertels einer Großstadt spielt, ein Bestseller. Ein kleines Meisterwerk, auch in den Augen des sonst wenig selbstgefälligen Schreibers. Obwohl von angesehenen Kritikern verschmäht und als *billige Schundliteratur* verteufelt, wurde die Geschichte von einem breiten Publikum geliebt und gefeiert – Benjamin Müllers abenteuerliche und frivole, bis an die Grenzen des guten Geschmacks gehende Mär um ein Trio der besonderen Art: eine verwegene, in die Jahre gekommene Bordellbetreiberin und ihre beiden ebenso treuen, wie von Lust und Laster besessenen Weggefährtinnen.

Er würde viele schöne Wochenenden auf dem Land verbringen. Angeln und ausgiebig spazieren gehen. Aber auch Fernreisen mit Sigrun unternehmen. Benjamin Müller lehnt sich in seinem bequemen Bürostuhl zurück, schließt die Augen und sieht sich im Geiste bereits am weißen Sandstrand eines sonnenüberfluteten, friedlichen Eilands. *Er* in einem kleinen Gummiboot im flachen, blau funkelnden Wasser der Südsee; unter ihm, riesige Schwärme bunter Fische, die sich, wie Benjamin in seinem Boot, von der warmen Strömung des endlos weiten Meeres hin und her wiegen lassen. Eine Aussicht, die er herbeisehnt und auf die er sich mit ganzem Herzen freut.

Doch bedauerlicherweise ist es noch nicht soweit, und Benjamin Müller wäre nicht *der* Benjamin Müller, täte er nicht das, was er schon immer getan hat, und was ihm letzten Endes seinen großen Erfolg bescherte: Der gestandene Schriftsteller gibt sich einen innerlichen Ruck, streckt die Arme mit Nachdruck nach vorne, so dass sich seine verspannten Muskeln ordentlich dehnen und frisches Blut bis in die Fingerspitzen schießt. Mit euphorischem Blick starrt Benjamin auf den blanken Bildschirm, dann hoch zur stuck-gerahmten Decke und wühlt in seinem Kopf nach treffender Wortwahl, um *seinem Marek* endlich zu einem würdigen Abgang zu verhelfen.

Der Gedanke, nach diesem Buch vielleicht tat-sächlich einfach alles hinzuschmeißen und sich mit Sigrun irgendwo im sonnigen Süden auf die faule Haut zu legen, verleiht Benjamin frischen Elan. Die Vorstellung einer *letzen Schlacht*, die nunmehr als einzige noch zu schlagen sei, wird in diesem Moment zum festen Entschluss. Jawohl, noch dieser eine *Streich*, dann ist es endgültig aus und vorbei! Das unterschwellige Stechen im lin-ken Arm, der heimliche Schmerz in der Brust, der Benjamin die Kräfte zehrenden, vergangenen Tage geplagt hat – wie weggewischt. Ein erqui-ckendes Gefühl des Erwachens und der Einge-bung fährt ihm durch die steif gewordenen Glie-der. Einer Flut von Geistesblitzen und Gedankenketten hinterher jagend schlagen Benjamins Fingerspitzen eifrig auf die Tastatur. Virtuos und akribisch zugleich sprudelt eine Begebenheit aus ihm heraus, die seiner Hauptperson endlich einen Abgang voller Erkenntnis und Einsicht verschaffen soll. Der Schreiberling und sein Computer werden Eins; und so nimmt Mareks Schicksal seinen Lauf...

Ein lauter Knall, möglicherweise von einer zuschlagenden Tür verursacht, ließ Balduin Marek aus seiner Ruhe hochfahren. Die erkaltete Wärmflasche rutschte ihm vom Bauch, als er sich träge und erschöpft aufsetzte und gegen die Rückenlehne der Couch im Gästezimmer seines alten Freundes Karl legte.

Obwohl der Himmel wolkenlos eingetrübt und die Sonne nicht zu sehen war, wurde der Raum von einer großen Helligkeit gefüllt, über die nur das morgendliche Licht eines neu angebrochenen Tages verfügt. Nur langsam kehrte die Erinnerung in Herrn Mareks Kopf zurück, der ihm ein wenig schmerzte. Die Portion, die sich Balduin beim Festmahl zum 60jährigen Geburtstag von Karl Hufschmidt zugemutet hatte, war wohl etwas zu üppig geraten. Marek hatte sich vorzeitig mit argem Magendrücken und heftigen Schmerzen, die ihm urplötzlich in die Brust gefahren waren, zurückziehen und im Gästezimmer hinlegen müssen. Nach kurzer Zeit war Balduin eingedöst und in einen tiefen, traumlosen Schlaf gefallen.

Balduin Marek spitzte die Ohren und lauschte ins Leere. Möglicherweise waren Karl und seine Frau schon aufgestanden und warteten mit dem Frühstück auf ihn. Herr Marek überlegte, ob ihm die Situation peinlich sein musste, sich wegen ein wenig Unwohlseins von der Festtafel zurückzuziehen und die Geburtstagsfeier seines Freundes zu verschlafen. Bestimmt würde Mareks Frau Sophie, die wegen eines Krankenbesuches bei ihrer Schwester nicht zu Hufschmidts hatten mitkommen können, mit ihm schimpfen, wenn sie erführe, dass ihr Mann den Großteil des Festes auf einer Couch daniederliegend verbracht hatte, machte sich Herr Marek Gedanken. Er beschloss, sich bei seinem lieben Freund in aller Form zu entschuldigen; und er war davon überzeugt, dass man die Angelegenheit damit würde auf sich beruhen lassen können.

Es war nichts zu hören. Marek sah erst in der Küche nach, dann im Speisezimmer. Alles Geschirr vom Vorabend, angetrunkene Gläser, Teller und Schüsseln mit übrig gebliebenem Essen, waren weggeräumt, kein Frühstückstisch gedeckt. Und nichts zu sehen von den Hufschmidts.

Auf ehrfürchtig leisen Sohlen – schließlich war er Gast und bewegte sich nicht in seinen eigenen vier Wänden – suchte Balduin Marek in allen

Zimmern nach seinen Gastgebern. Die Lage der Räumlichkeiten war ihm noch etwas fremd. Die Hufschmidts hatten die geräumige, über zwei Etagen großzügig angelegte Eigentumswohnung in der Trabantenstadt am anderen Ende der Provinzmetropole erst vor kurzem bezogen.

Die seltsam bleierne Luft schluckte jedes Geräusch, das Herr Marek durch seine Schritte und das Betätigen der Drücker beim Öffnen und Schließen der Zimmertüren erzeugte.

Die Suche blieb erfolglos. Nachdenklich ging Balduin in die Küche. Ein Schwall herb-süßen Duftes wehte ihm um die Nase. Marek nahm einen tiefen Atemzug und ihm war, als durchfließe der besondere Wohlgeruch sämtliche Adern seines steif gewordenen Leibes. Und alles Schwere und Unreine, alles, was ihn je gekümmert, jeder Groll, der ihn im Innersten, im Herzen jemals geplagt hatte, schien für einen kurzen Augenblick von ihm genommen.

Balduin konnte sich die Abwesenheit von Karl und seiner Gemahlin nicht recht erklären. Die Festlichkeit hatte an einem Samstag stattgefunden. Vielleicht wollten Hufschmidts ihn einfach nur ausschlafen lassen und waren, als fromme, gottesfürchtige Leute, zum sonntäglichen Gottesdienst gegangen, überlegte er.

Er wollte Karls Gastfreundschaft nicht noch länger beanspruchen. Zudem zog es Balduin nachhause zu seiner Sophie, um mit ihr noch einen geruhsamen Sonntagnachmittag zu verbringen. So beschloss er, eine Nachricht auf dem Küchentisch zu hinterlassen, in der er sich für die freundliche Aufnahme bedanken würde, und sich dann auf den Nachhauseweg zu machen. Ein Spaziergang durch die frische Frühjahrsluft würde ihm sicher gut tun. Der einzige Kugel-schreiber, den Marek finden konnte, versagte jedoch seinen Dienst. Er grinste erheitert, verwarf die Idee mit der Nachricht und verließ die Wohnung.

Als sich Balduin tags zuvor mit einem Taxi hatte bringen lassen, war bereits abendliche Dunkelheit eingebrochen, so dass er erst jetzt bei Tageslicht die ganze Verlassenheit und Trostlosigkeit bemerkte, die die Umgebung wie ein Schleier überzog. Um den großen Gebäudekomplex herum, in dem Hufschmidts wohnten, gab es nur ödes Land. Kein Grashalm, weder Busch noch Baum. Nur ein paar Steinhaufen und verdorrtes Wurzelgeflecht in den dicken Schollen des umgepflügten Brachlandes, das wohl auf den Fortgang der begonnenen Urbanisierung wartete. Obwohl Marek schon viele Jahre in dem Ort lebte, erschien ihm das Gebiet um die Trabantenstadt ganz und gar fremd. Das mochte an dem Fluss liegen, dachte sich Marek; eine Art natürliche Grenze zum alten Stadtkern, in dem er selbst wohnte.

Herr Marek hielt sich westlich, wo er hinter einer Anhöhe, auf die ein schmaler Trampelpfad zuführte, den Rand des ihm bekannten Stadtteils oder zumindest Sicht auf den Fluss erwartete. Ab und zu wandte sich Marek unverhofft um, denn er konnte sich nicht des Gefühls erwehren, er würde beobachtet. Doch hinter ihm gab es nur die klotzigen Wohnanlagen; ansonsten war keine Menschenseele zu sehen.

Der Aufstieg zu der Anhöhe dauerte länger als erwartet, und Balduin kam, obwohl er als passionierter Wanderer gut zu Fuß war, bald ins Schwitzen. Auf den letzten Metern wandte er sich erneut um. Das Gebäude der Hufschmidts lag bereits so weit zurück, dass man die Gardinen in den Fensterreihen kaum mehr ausmachen konnte. Gut zu erkennen hingegen waren etwa fünfzig Schritte hinter Balduin Marek drei dunkle Gestalten, die sich, wie aus dem Nichts aufgetaucht, an seine Fersen geheftet hatten. Das zumindest war Mareks Eindruck. Denn die *Verfolger*, vornehm, in feinen, schwarzen Anzügen, mit weißem Hemd und dunkler Krawatte, hoben auffallend häufig ihre Köpfe und schauten zu ihm hinauf.

Trotz ihrer breitkrempigen, ebenfalls schwarzen Hüte, die an die traditionelle Kopfbedeckung von Quäkern erinnerten und das Antlitz der Männer teilweise verdeckten, war die blasse Färbung ihrer Gesichter gut zu sehen. Fehlte nur ein Gesang-

buch in der Hand eines jeden der drei merkwürdigen Gesellen und man hätte sie ohne weiteres
für heimkehrende Kirchgänger halten können,
dachte Herr Marek bei sich. Doch wohin sollten
sie in der eingeschlagenen Richtung wohl heim-
kehren?

Eigentlich war Balduin ein redseliger Mensch.
Er hatte Gefallen daran, bei Wanderungen, die ihn
sogar schon in fremde Länder geführt hatten,
Leute kennen zu lernen und sich über sehenswerte
Naturdenkmäler, Gedenkstätten oder Ähnliches
auszutauschen. Auch war ihm die Gemeinschaft
der Quäker, eine Gruppe pazifistisch und fromm
lebender Menschen aus längst vergangener Zeit,
nicht unbekannt. Er hatte schon Einiges mit Inte-
resse über deren tiefreligiöse und wohltätige
Gesinnung gelesen, der er mit großem Respekt
begegnete. Vielleicht hat sich eine zwielichtige
Sekte die sittenstrengen Regeln dieser friedferti-
gen Gesellschaft zu eigen gemacht, um sie für
ihre eigenen, möglicherweise niederen Zwecke zu
missbrauchen; und nun wollte man ihn womöglich zu deren Ansichten bekehren, die mit den
guten Absichten ihrer Urväter sicher nicht viel
gemein hätten, befürchtete Balduin Marek.

Die Männer hatten etwas Bedrohliches an sich.
Marek zog es vor, den Fremden aus dem Weg zu
gehen und beschleunigte seinen Schritt. Die drei
folgten Balduin in stetem Tempo, mühten sich

aber nicht, schneller zu werden – als ob er ihnen in keinem Fall entkommen könne, wie sehr er sich auch beeilen würde.

Nervös stolperte er das letzte Stück zum höchsten Punkt des Hügels hinauf. Ein morscher Weidezaun, aus groben Holzpfosten und zwei quer verlaufenden Lattenreihen zusammengenagelt, versperrte Herrn Marek den Abstieg die andere Seite des Hanges hinab. Er schaute hinter sich. Seine Verfolger hatten aufgeholt und würden ihn in wenigen Augenblicken erreichen.

Eilig schlüpfte Balduin zwischen den Latten hindurch und schaffte es gerade noch seine Hast zu stoppen, um nicht in die Tiefe zu stürzen, vor sich die steil abfallende Rückseite des Hügels. Ein etwa dreißig Meter hinabreichender Abgrund, möglicherweise entstanden durch die Verschiebung von Erdschichten, dachte Marek, ohne sich lange mit einer besseren Erklärung aufzuhalten.

Behände stieg er in die Wand aus Lehm und bröckeligem Fels, tastete sich über schmale Vorsprünge und rutschte auf kleinen Gerölllawinen auf dem Hosenboden hinab.

Vom Fuße des Abhanges aus war am oberen Ende niemand zu sehen. Die Steilwand setzte sich nach beiden Seiten ein gutes Stück fort, so dass Balduin sicher war, wenn er gut zulaufen würde, die drei Männer endgültig abschütteln zu können, falls sie inzwischen nicht ohnehin von ihrem Vorhaben abgelassen hätten und ihn ziehen ließen.

Froh über die scheinbar gelungene Flucht durch die waghalsige Kletterpartie, klopfte sich Herr Marek den Schmutz von der Kleidung. Vielleicht waren die Kerle auch auf Geld aus gewesen, grübelte er weiter nach und legte dabei beiläufig seine Hand auf die Brust, wo sich die Innentasche seines Mantels befand. Erschrocken fingerte Marek nach seiner Brieftasche. Weg! Vermutlich bei dem Abstieg verloren gegangen, dachte er und schaute zurück auf die schroffe Wand. Er hatte nicht viel bei sich gehabt: den Personalausweis, ein Familienfoto mit seiner Frau und den Kindern, ein wenig Bargeld. Nach Herrn Mareks Auffassung nichts, was nicht ersetzbar gewesen wäre und das Risiko gerechtfertigt hätte, den drei finsteren Gestalten bei der Suche danach vielleicht doch noch *in die Quere* zu kommen. So wandte er sich wieder nach vorn, um sich in der Umgebung zu orientieren.

Nur ein paar Schritte vor Marek zeichnete sich im niedergedrückten Gras ein etwa zwei Meter breiter Pfad ab, der keinerlei Erklärung auf seine Entstehung zuließ. Es gab weder Fußabdrücke von Spaziergängern oder Wanderern, noch für land- oder forstwirtschaftliche Nutzfahrzeuge typische, breite Reifenspuren.

Der Weg war weitläufig umsäumt von einer dicken Schicht Laub und abgebrochenen Zweigen und Ästen. Er führte rechterhand, in einer langen Biegung, am Fuße von Wurzel durchdrungenem, bemoostem und an Höhe stetig zunehmendem, felsigem Grund in ein Waldstück, das Balduin ebenso unbekannt war, wie zuvor der Hügel. Er setzte seinen Marsch fort, gespannt, an welchem Zipfel der Stadt er herauskommen und sich für ihn ein völlig neuer Blickwinkel der geographischen Verhältnisse eröffnen würde.

Balduin Marek hatte die Hartnäckigkeit seine Häscher unterschätzt. Am zurückliegenden Ende der Wegbiegung kamen sie heran. Diesmal mit langen, eiligen Schritten; verflogen schien die unverfrorene Überheblichkeit der Burschen, seiner mit Leichtigkeit habhaft werden zu können, die Balduin noch an dem Hügel zu spüren geglaubt hatte.

Der Abstand müsste ihm genügend Vorsprung lassen, um bewohntes Gebiet zu erreichen, bevor sie ihn einholen würden, hoffte Marek. Doch die drei Männer näherten sich rasch. Ihre auffälligen Hüte wirkten wie Aasgeier, die geifernd auf ihren Köpfen hocken und sich vom wippenden Gang ihrer Träger in stoischer Lässigkeit auf und ab schaukeln lassen. Balduin legte Tempo zu, um außer Sichtweite zu kommen. Sein Plan war, sich ungesehen in die Büsche zu schlagen und dann so schnell wie möglich über den Fluss an die ersten Häuserreihen des Ostteils der Altstadt zu gelangen, wo er sich in Sicherheit glaubte. Marek suchte mit scharfem Blick das Gelände ab. Doch nirgends bot sich eine Fluchtmöglichkeit, die ihm geeignet schien – ein größeres Dickicht, in dessen dichtem Gewirr aus Blättern und dornigem Geäst es für die Männer schwer gewesen wäre, ihm nachzukommen, oder eine sich in mehrere Richtungen verzweigende Weggabelung.

Balduin musste befürchten, dass die zwielichtigen Kerle jeden Moment wieder auf Sichtweite an ihn herankämen. Sein Herz schlug schneller, bei dem Gedanken, sich den dreien stellen zu müssen. Wieder und wieder zermarterte er sich den Kopf, über mögliche Gründe für die Hetzjagd auf ihn. Auf gar keinen Fall wollte Herr Marek den Fremden von Angesicht zu Angesicht begegnen. Intuition ist ein hohes Gut, dachte er, das man nicht achtlos bei Seite schieben sollte. Dem Selbsterhaltungstrieb nachgeben und seiner inneren Stimme folgen, um zu überleben – *das* war es, worauf es im Leben ankam. Wie würde seine Sophie denn dastehen, wenn ihm etwas zustieße? Gut, die Kinder waren schon lange aus dem Haus und hatten inzwischen bereits eigene Familien gegründet; und was war mit ihm selbst? Was alles hatte sich Herr Marek schon für den nicht mehr allzu fernen und innig herbeigesehnten Ruhestand in seiner Fantasie bereits ausgemalt? Einen geruhsamen Lebensabend wollte er verbringen, zusammen mit seiner lieben Frau. Warum, um alles in der Welt, sollte er sich drei hergelaufenen Kerlen ergeben, die ihm womöglich nach dem Leben trachteten oder, nach Balduin Mareks fester Überzeugung, zumindest nichts Gutes im Schilde führten? – Nein, nicht ein Wort würde er mit den Halunken wechseln!

Die drei Männer waren zwar noch nicht zu sehen, aber sicher würden sie ihn bald eingeholt haben. Denn Balduins Kräfte ließen zusehends nach. Gut hundert Schritte voraus, am rechten Wegrand, entdeckte er eine halbzerfallene Scheune, rückwärtig an die höher gelegene Bodenebene angebaut. In seiner Not beschloss Marek, sich in dem alten Heulager zu verstecken, wenn ihm auch klar war, dass der Unterschlupf leicht zur *Mausefalle* werden konnte. Es würde darauf ankommen, sich gut genug zu verkriechen, sich für seine Verfolger *unsichtbar* zu machen, kombinierte Marek, getrieben vom Mut der Verzweiflung. Flink und schlau wie ein Fuchs musste er sein.

Geschickt wand er sich durch das nur wenige Handbreit offene, an den oberen Scharnieren bereits aus den Angeln gerissene, schwere Holztor, das bei der geringsten, unachtsamen Berührung komplett aus der Halterung zu brechen drohte.

In der Scheune lag allerlei vergammeltes landwirtschaftliches Gerät herum, überzogen von Staub und Spinnweben: eine Schubkarre, bei der das Rad fehlte, eine Mistgabel mit abgebrochenem Stiel, mehrere Heurechen und ein großer Leiterwagen mit einem Rest vertrocknetem Heu auf der Ladefläche.

An der dem höher gelegenen Waldgrund zugewandten Seite hatten sich die Erbauer die Mühe gespart, eine Rückwand zu zimmern. Durch einen breiten Spalt unter dem First des Daches, das sich am hinteren Ende gegen das obere Erdreich abstützte, fiel helles Sonnenlicht ein, dessen Strahlen sich im Dachboden verloren, mit dem das Heulager teilweise überbaut war. Am Abschlussbalken lehnte eine Holzleiter. Die untere Sprosse und noch zwei weitere auf halber Höhe waren durchgebrochen. Marek fragte sich, was aus Demoder Derjenigen wohl geworden sein mag, unter dessen oder deren Last, das morsche Holz nachgegeben hatte. Lautes Getöse riss ihn aus seiner Besorgtheit. Mit ein paar derben Fußtritten hatten die schwarz gekleideten Gesellen das Scheunentor zum Bersten gebracht. Einige Bretter des verrotteten Türrahmens rutschten nach und schlugen auf die drei hernieder. Dabei ergoss sich eine ordentliche Ladung Staub über ihre feinen, festlichen Anzüge. Balduin fasste sich ein Herz und stieg, so umsichtig, wie es in der gebotenen Eile möglich war, auf die Leiter. Dabei darauf bedacht, seine Füße an den seitlichen Enden der Sprossen aufzusetzen, wo sie mit rostigen Nägeln an die beiden aufrechten Holmen der Leiter befestigt waren; und tatsächlich hielt die marode Holzstiege Balduins Gewicht stand. So erreichte er unbeschadet den Dachboden.

Doch auch die Herren im Sonntagsfrack, die sich inzwischen wieder aufgerappelt hatten, zeigten Schneid und zögerten nicht, Herrn Marek die kaputte Stiege hinauf zu folgen. Leichtfüßig wie eine Katze schlich er über die von Heu bedeckten, gefährlich knarrenden Bodenbretter auf den Spalt im Dachgebälk zu. Die Öffnung bot gerade genug Platz, um hindurchzuschlüpfen und so ins Freie zu gelangen.

Balduin war fast schon mit dem ganzen Körper durch das Loch gekrochen und fühlte unter seinem Bauch bereits festen Grund, als ihn eine kalte Hand mit eisernem Griff am Knöchel packte. Doch just in diesem Moment war für die alte Scheune die Grenze ihrer Belastbarkeit endgültig überschritten. Mit ohrenbetäubendem Lärm brachen der Dachstuhl und die gesamte übrige, baufällige Konstruktion in sich zusammen und begruben zwei der Männer in einer riesigen Staubwolke unter einem Haufen Bretter, Balken und umherwirbelndem Heu. Der dritte, der Herr Mareks Bein in seinem Schreck noch immer umklammerte hatte, ließ von ihm ab, als eine zersplitterte Latte die Hand des Verfolgers aufritzte. Mit einem panischem Aufschrei, der einem durch Mark und Bein fuhr, sauste er nicht weniger als fünf oder gar sechs Meter hinab in die Tiefe zu seinen Kumpanen.

Hastig robbte Herr Marek einige Körperlängen über den weichen Waldboden, um sich aus der Gefahrenzone zu bringen. Das Brett hatte auch Balduin verletzt – an der Wade. Er begutachtete die Wunde. Doch es war weder ein Tropfen Blut zu sehen, noch spürte er den geringsten Schmerz. Gehört hatte er schon von einem solchen Phänomen, doch es noch nie selbst erlebt: Im Augenblick eines Schocks, eines traumatischen Ereignisses, schaltet der Körper ab, was stört, was einen daran hindern würde, seine Haut zu retten. Selbsterhaltungstrieb, purer Selbsterhaltungstrieb, dachte Balduin Marek und freute sich in kindlichem Überschwang über die erneut geglückte Flucht – ohne einen Gedanken des Mitgefühls für die armen Teufel, die unter den Trümmern des geborstenen Heuschobers lagen. Sie hatten Herrn Marek in eine derart überschießende Angst versetzt, dass es für ihn nur einen Gedanken, nur ein Ziel gab: so schnell wie möglich bewohntes Gebiet erreichen, auf kürzestem Weg wieder nachhause kommen und endlich die wehen Füße hochlegen!

Nach einem kurzen Wegstück erreichte Balduin Marek eine baumlose, üppig mit allerlei Gräsern und Blumen bewachsene Wiesenlandschaft. Hinter ihm, sowie zur Linken und zur Rechten endete das Waldgebiet in rechtwinklig zueinander angeordneten Baumreihen. Sie umrandeten an drei Seiten die etwa dreihundert Meter breite und ebenso lange, in feurig schimmernde Himmelsröte getauchte Blumenwiese. Sie reichte am Marek gegenüberliegendem Ende bis zu einem offensichtlich künstlich aufgeschütteten, mit niedrigem Büschelgras überzogenen Damm. Aus der Ferne zeichnete sich in dem Erdwall eine türförmige, dunkle Fläche ab. Balduin marschierte los, mitten durch die Fülle hoher, wehender Binsen und bunter, wohl duftender Blumen.

Tatsächlich handelte es sich um den mannshohen Eingang eines Tunnels, dessen Länge sich nicht abschätzen ließ. Am anderen Ende war Licht zu sehen. Es zog nasskalt aus dem finsteren Loch. Marek betrat den Durchlass und setzte vorsichtig einen Fuß vor den anderen. Der eindringliche Geruch feuchter, frisch aufgetaner Erde vermischte sich mit übermäßig süßlichem Duft. Als wate man durch ein Meer von Blumen: Nelken, Stiefmütterchen und Vergissmeinnicht. Mit jedem Schritt verlor der Tunnel an Durchmesser und verengte sich zu einer schmalen Röhre, so dass Herr Marek immer wieder mit dem

Kopf anstieß. In die Hocke geduckt bewegte er sich mühsam nach vorn. Als Marek endlich die andere Seite erreichte, schürfte er bereits mit den Schultern lehmige Erde von den Wänden.

Balduin musste seine Augen mit vorgehaltener Hand vor dem grellen Sonnenlicht schützen, als er ins Freie trat. Marek tauchte in den Schatten einer Gebäudefassade – die der Straße abgewandte, triste Rückfront einer langen Reihe aneinander gebauter Mietskasernen. Der rußgraue Mauerputz umrahmte die vielen kleinen, Gardinen verhängten Fenster, wie ein von Staub überzogenes, altes Laken. Von Balkon zu Balkon waren Wäscheleinen gespannt. Ein paar einzelne, vergessene Klammern wurden gemächlich in einem schwachen Luftzug hin und her geschaukelt. Marek näherte sich einer abgegriffenen Hintertür, die sich in stetiger Trägheit, mit ächzendem Knarren, ein kleines Stück öffnete und wieder zu fiel.

„Hallo, jemand zuhause?", rief er und stieß die wurmstichige Tür sachte mit dem Fuß nach innen auf. Keine Antwort. Niemand zu sehen. Herr Marek betrat den halbdunklen Flur, der in gerader Linie durch das ganze Haus bis zum Vordereingang reichte. Vor dem Gebäude erklang Musik, die in der dumpfen Atmosphäre des Korridors ohne Widerhall versank. Schwere, von Blechbläsern inbrünstig aber weich ins Horn gestoßene, tiefe Töne. Gediegen wogend, in schleppendem Rhythmus.

Balduin Marek steckte noch die ganze Anstrengung seiner Flucht in den Knochen. Er spürte, dass ihm die letzten Kräfte aus den Gliedern schwanden. Zögernd näherte er sich der Vordertür und führte seine Hand zur kalten, metallenen Klinke. Herr Marek öffnete die Tür einen Spalt weit. Die Musik nahm erheblich an Lautstärke zu. Durch ein geriffeltes Türglas in Kopfhöhe waren, von rechts herankommend, die schemenhaften Umrisse eines dunklen Fahrzeugs zu sehen.

„Warte, Balduin!", rief plötzlich jemand flüsternd aus einem Seitenteil des Korridors; und Balduin Marek empfand große Erleichterung, als er die Aufforderung vernahm. Die Bedächtigkeit und Liebe, mit der eine väterliche Stimme diese Worte ausgesprochen hatte, überzogen Balduins Körper mit einer Woge von Ruhe, Frieden und Geborgenheit.

„Lass uns dich begleiten", fuhr die Stimme sanft fort und Marek wurde erhebend feierlich zumute. Als streiche ein in den Sud erlesener, heiliger Kräuter getauchtes Tuch auf wundersame Weise über seine Seele und nehme allen Schmerz, alle Mühen eines erfüllten, aber doch so anstrengenden Lebens hinfort von ihm. Als würde sein Herz ganz und gar gefüllt mit Trost, Heil und Zufriedenheit. Als hieße man ihn, Balduin Marek, aufs Herzlichste willkommen und schließe ihn in die Arme, wie einen aus der Fremde heimkehrenden, verlorenen Sohn.

Er streifte seine Verklärung ab und versuchte, die Situation zu begreifen. Es war einer der drei Männer, die ihn so erbittert verfolgt hatten, der nun die wohltuenden Worte zu ihm gesprochen hatte.

Aus der Nähe betrachtet, erweckten sie für Herrn Marek den Eindruck, als handele es sich in der Tat um Quäker; und es war nichts Bedrohliches mehr an ihnen. Die feinen Sonntagsanzüge der merkwürdigen Herren waren zerrissen und über und über mit Schmutz besudelt. Ihre Hüte waren verbeult und es ragten kleine Büschel Heu darunter hervor. Obwohl die komplette Scheune über ihnen eingestürzt war und einer sich sogar an der Hand verletzt hatte, hatte offensichtlich keiner von ihnen erkennbaren körperlichen Schaden genommen. Mit umsorgendem Griff nahmen die Quäker Herrn Marek in ihre Mitte.

„Was wollen Sie von mir? Was ist mit mir?", fragte er und warf unsicher den Kopf hin und her, um alle drei im Blick zu haben.

„Balduin Marek, wahrhaftig, du bist ein schwieriger Fall!", stöhnte einer der Quäker, lächelte dabei aber nachsichtig und legte Balduin die Hand auf die Schulter. Die beiden anderen schoben Marek behutsam die Vordertür hinaus und führten ihn auf den Gehsteig.

„Nun, wir sind hier, weil ... Die Überraschung über die Erkenntnis soll nicht zu groß für dich sein!", sagte einer der Herren.

„Überraschung ... Erkenntnis? Welche Erkenntnis ...?", fragte Herr Marek stotternd. Er ahnte nichts Gutes.

„Na, wenn du begreifst – und akzeptieren musst, dass deine Wanderschaft zu Ende ist", antwortete einer der Quäker.

„Wanderschaft? Was für eine Wanderschaft?" Balduin Marek lachte zittrig und versuchte sein mulmiges Gefühl zu überspielen.

Ein Quäker wies ihn mit einer Augenbewegung, sich der Szenerie auf der Straße zuzuwenden. Das schwarze Fahrzeug rollte gemächlich über den glatten Asphalt. An den hinteren Seitenfenstern waren graue Gardinchen aufgezogen, die den Blick ins Innere verwehrten. Trauernde, die einem Freund das letzte Geleit gaben, kamen ihm in einer langen Schlange paarweise nach. Unmittelbar hinter dem Leichenwagen trug ein junger Mann einen großen, geflochtenen Kranz mit weißem Trauerflor, der den Namen des Dahingeschiedenen verkündete:

Ein letzter Gruß unserem lieben Vater – Balduin Marek!

Balduin Marek erkannte in dem Träger seinen Sohn. Neben ihm, Balduins Frau Sophie und ihre beiden Töchter; dahinter die Hufschmidts!

„Es tut uns leid, dass du es so erfahren musst, lieber Balduin", tröstete ein Quäker Herrn Marek, der fassungslos dastand, „Verzeih, aber du hast dich dem *Lauf der Welt* so sehr entziehen wollen. Du bist von deinen Lieben gegangen aber noch nicht auf der anderen Seite angekommen ... Du musst die Wahrheit erkennen und annehmen! Wir helfen allen *hinüber*, die mit ihrem Schicksal hadern. Jedem auf die für ihn trefflichste Art."

„Ich soll ...", stotterte Balduin Marek ungläubig, „Aber, aber wie ...?"

Einer der Quäker umarmte Marek wie einen alten Kameraden. „Vor einer Woche, als du dich bei der Geburtstagsfeier deines Freundes Karl ins Gästezimmer zurückgezogen hast ... Das war nicht Müdigkeit, keine Magenverstimmung ... Es war dein müdes Herz!" Die beiden anderen Männer nahmen stumm ihre staubigen Hüte vor die Brust und senkten pietätvoll den Kopf.

Der Quäker hielt einen kurzen Moment inne, fuhr dann aber sogleich mit erhebendem Lächeln fort: „Lieber Balduin, komm mit uns. Es wird dir gut gehen und an nichts fehlen. Sorge dich nicht um deine Familie. Es ist ihr Weg, für ihr restliches Dasein ohne dich auf Erden zu wandeln."

Die weisen Worte ihres ehrwürdigen Kollegen huldigend rollten die beiden anderen andächtig die Augen, hoben ihren Blick zum Himmel und brummelten ein leises *Amen*.

Doch Herr Marek blieb hartnäckig und zweifelte an den Worten des Quäkers.

„Keine Müdigkeit, keine Magenverstimmung ...?", stammelte Balduin ärgerlich, „und was heißt eigentlich: *Vor einer Woche* ...? Ich war *gestern Abend* bei Karl Hufschmidt auf der Feier und ..."

„Aber neiin, Balduin", wirft der Quäker sanftmütig ein, „*Zeit* ist für dich jetzt etwas anderes. Ganze sieben Tage sind wir dir nachgekommen durchs öde *Niemandsland*, wie wir es nennen."

„*Ich* soll sieben ...?" Balduin sprang auf die Straße zwischen die Teilnehmer des Trauermarsches, an die Seite seines Sohnes. Gleich mehrmals sprach Herr Marek ihn und seine Sophie mit Namen an. Nichts. Dasselbe mit den Töchtern. Keiner nahm Notiz von ihm. Ebenso wenig die Hufschmidts. Sein guter Freund Karl und dessen Frau schauten an Balduin vorbei, als wäre er Luft.

Der Trauerzug näherte sich unaufhaltsam dem Eingangstor des Friedhofs. Herr Marek gab auf. Mit hängendem Kopf, ließ er sich von den Quäkern an der Hand nehmen und folgte ihnen hinüber in eine andere, friedliche und wunderbare Welt; ohne seine Lieben, aber erlöst von aller

Mühsal und Last, die dem Menschen auf Erden Sorglosigkeit und wahrhaftiges Glück so sehr versagen können ...

„Ha, das ist einfach genial ... Ein Geniestreich!", posaunt Benjamin Müller, begeistert von dem jetzt endlich so gelungenen Schluss für seinen Roman und schlägt mit der flachen Hand gegen das Gehäuse des Bildschirmes, als wäre er ein guter Kumpel.

Schnell klickt der emsige Schreiber mit der Computermaus auf das Symbol zur Datensicherung. In diesem Moment betritt Sigrun Müller das Arbeitszimmer ihres Gatten. Ohne, wie sonst üblich, ihr Kommen mit einem zaghaften Klopfen an die Tür anzukündigen. Und ohne zu ihrem Liebsten hinüberzuschauen, geht Sigrun zielstrebig zum antiken Sekretär in einer hinteren Ecke des Arbeitszimmers. Benjamins *Heiligtum*, in dem er seine Entwürfe, Manuskripte und andere wichtige Dokumente aufbewahrt.

Frau Müller öffnet eine der Schubladen, nimmt ein dickes Bündel Papiere heraus und sieht sie im schwachen Licht der kleinen Schreibtischlampe auf dem Sekretär oberflächlich durch.

Über die Oberkante des Monitors hinweg, verwundert über die Dreistigkeit seiner sonst so einfühlsamen und rücksichtsvollen Frau, verfolgt Benjamin Müller ihr Tun. Kein *Hallo*, keine mit einem gehauchten Küsschen verbundene Entschuldigung für die Störung während seines dichterischen Schaffens; kein wohlwollendes Lächeln, weil er sich wieder mal von einer schriftstellerischen Eingebung nicht losreißen kann.

Als Sigrun Müller gefunden zu haben scheint, was sie gesucht hat, legt sie den größeren Teil der Unterlagen zurück ins Schubfach und geht wieder zur Tür. Bereits halb auf dem Flur wendet sie sich noch einmal um und blickt stumm hinüber zum Schreibtisch ihres Mannes, der regungslos hinter seinem Monitor kauert. Ein paar Tränen, die ihr über die Wangen rinnen, wischt Sigrun mit dem Handrücken ab, bevor sie den Raum verlässt – zwischen Zeige- und Mittelfinger geklemmt ein kleines, in Leder gebundenes Büchlein aus dem Sekretär. Das Familienstammbuch.

Benjamin Müller bleibt noch eine ganze Weile nachdenklich vor dem Computer sitzen, bis ihn eine erschreckende Befürchtung durchzuckt. Kreidebleich im Gesicht legt Benjamin eine Hand auf seine linke Brust und verharrt für einige Sekunden. Dann sucht er mit zittrigen Fingern, nervös auf der Unterlippe herumkauend, am Handgelenk nach seinem Puls. Vergeblich. Mit feuchten Augen zieht sich der Schriftsteller am Schreibtisch hoch. Er verlässt das Zimmer und stapft kraftlos und müde durch den Flur. Vor dem Garderobenschrank stehen drei noch unausgepackte Reisetaschen auf dem Boden. Jeweils eine mit dem Namensschild eines ihrer Kinder.

Die Küchentür ist nur angelehnt. Benjamin lugt durch den Türspalt. Am Tisch sitzen schweigend, mit versteinerten Mienen, die drei erwachsenen Kinder und Sigrun, die mit traurigem Blick im Familienstammbuch blättert.

„Sigrun!", ruft Benjamin Müller mit gedämpfter Stimme. „Ich bin's – Benjamin!" – Keine Reaktion. Er geht um den Küchentisch herum und spricht seine Kinder nacheinander mit Namen an. Doch Benjamins Stimme versinkt ungehört in der bleiernen Luft.

Mit gesenktem Haupt und hängenden Schultern zieht sich der Schreiberling wieder in sein Arbeitszimmer zurück. Verloren schreitet er im Zimmer umher. Voller Wehmut streift er mit den Augen über seine Sammlung gerahmter Reisefotos an den Wänden. In einem langen Hängeregal all die Souvenirs und Glücksbringer, die sich über die Jahre, bei seinen Erkundungsreisen rund um den Globus, angesammelt haben. Im Blick durchs Fenster die im Dunkel der Nacht versinkenden Umrisse der Beete im Garten. Ein letztes Mal noch zählt Benjamin im Gedanken die Reihen des erntereifen Gemüses. Rund um den großen Kastanienbaum, unter dem er an lauen Sommerabenden so oft auf der schweren Holzbank gesessen und dem Lied der Vögel gelauscht hat, stehen einige Blumenkübel, die Benjamin erst vor wenigen Wochen zusammen mit Sigrun frisch bepflanzt hat, in voller Blüte. Wie gern hätte Benjamin Müller seine Liebste und die Kinder noch einmal in die Arme geschlossen.

Nach einer Weile klopft es knochig hart an der Tür zum Arbeitszimmer. Doch Benjamin wendet sich nicht um. Auch nicht, als die Klinke mit eindringlichem Quietschen heruntergedrückt wird.

„Darf man eintreten?", fragt ein weibliches, süffisantes *Stimmchen*. „Du weißt doch wohl, was los ist, mein *Alter?* Oder etwa nicht?", fragt das Stimmchen weiter.

Ein nagelndes Klacken von Absätzen nähert sich dem Schriftsteller, der noch immer eisern auf den Garten starrt. Obwohl ihm ein Schauer breit über den Rücken läuft und es ihn fröstelt, benetzen winzige Schweißperlen seine Stirn. Auf seiner Schulter spürt er eine kleine, kalte Hand. Benjamin Müller schließt für einen Moment die Augen und atmet tief durch. Dann gibt er ihrem fordernden Zug nach und dreht sich um.

Wie eine unüberwindbare Mauer haben sie sich vor Benjamin aufgebaut und fixieren ihn mit stoischem Blick: eine reife Dame in schwarzem Nonnengewand, extravaganter Manier. Die unterm Kinn gebundene Haube bedeckt ihre Haarpracht rundum. Eine großzügig geschnittene Robe klösterlicher Art verdeckt Leib und Glieder *brav* bis zum Hals. Doch ein lichtes Oval, vom Kragensteg abwärts, weit in die Tiefe hinab, gewährt beste Sicht auf den weitaus größeren Teil – einer Oberweite, so exorbitant, dass ihre Fülle unweigerlich einem jeden Betrachter sogleich höchste Entzückung ins Gebein fahren lässt. Die ominöse Nonne ist von robuster Gestalt. Von oben herab grinsend klopft sich die Kirchenfrau streng und bedrohlich mit einem Meterstab aus fingerdickem Bambus auf die Innenfläche ihrer eigenen Hand.

Neben der Schwester wahrlich zweifelhaften Ordens hat sich eine naturschöne Amazone postiert, die Benjamin Müller glatt um einen Kopf überragt. In ihrem antiken, griechisch-römischen Kleid, über die nackten Waden geschnürte Sandalen, mit üppigen Formen reichlich beschenkt, hat sie etwas außerordentlich reizvolles an sich. Sie wirkt beinah charmant. Doch bei genauem Hinsehen ist unter ihrer zart beflaumten, alabasternen Haut das stählerne Mark des strammen Weibes zu ahnen, ohne ihren vor Zähigkeit strotzenden Leib dazu auch nur ein einziges Mal zu berühren. Die vollbusige Walküre unentwegt lächelnd, so siegessicher und so brutal. Mit einen grobmaschigen Gladiatorennetz wedelt sie dabei umher, jeden Moment zur Attacke bereit.

Augen, Wangen und Lippen der Frauen sind reichlich mit Schminke getüncht. Ganz wie dem Autor durch Recherchen wohl bestens bekannt.

150

Die dritte, ihre kleine Hand noch immer auf Benjamin Müller Schulter, ist ein junge, zierliche Person, die trotz hoher Absätze Benjamin gerade eben bis zur Kinnspitze reicht. Die Durchtriebenheit steht ihr in die dreiste Miene geschrieben. Ein Luder, frech und frivol. Wie eine Wildkatze, kurz vor dem Sprung, steht sie lauernd vor Benjamin Müller. Ihr Aufzug lässt keinen Zweifel über das *Tagewerk* zu, das die Kleine üblicherweise verübt. Ihr Haar schulterlang, engelsblond und gelockt,. Ihre schmalen Augenbrauen tiefschwarz gefärbt. Obszön streift die schlanke, fast magere Dirne mit ihrer Zunge über ihre purpurnen, wulstigen Lippen. Dabei rollt sie ihre kirschschwarzen Augen so schamlos perfekt, wie es sich für eine Vertreterin ihres Gewerbes als Aufforderung ziemt, wenn sie ihre Bereitschaft zu allerlei Vergnügung signalisiert. Ihr knallrot gelacktes Korsett drückt ihren kleinen Busen nach oben fast gänzlich heraus und schnürt dem Weibsbild das lüsterne Fleisch. Ein plüschiger Streifen mit Pailletten besetzt und ein winziges, seidenes Läppchen daran, entblößen den Reiz ihrer Lenden nur mehr, als dass sie die Laster unter sich tatsächlich verbergen. Fein gearbeitete Strapse halten das schwarze, nahtverzierte feine Gewirk, das ihre wohlgeformten Beine überzieht wie eine zweite samtige Haut. Und wie in Zuckerguss getauchte Pralinés versinken die kleinen Füßchen in hochhackigen, rotfarbenen Pumps.

Niemand kennt die drei *ehrenwerten* Damen besser als der Schreiberling selbst: *Marlene*, weltgewandte, kaltschnäuzige Bordellbesitzerin. Die *heilige Hure* im Nonnengewand. Daneben, die *Helena*, treu ihr ergeben. Die Türsteherin im griechisch-römischen Tuch. Die Rüpel jedweder Natur auf der Stelle nach draußen befördert. Die Zechprellern, die sich davonstehlen wollen, den gerechten Lohn für erquickende Wonnen auf Heller und Cent aus dem Geschmeide raus klopft.

Und dann natürlich noch *Die rote Lola* – wahrhaft nymphomanisch bis in die letzte Faser ihres vermaledeiten, hungrigen Leibs. *Bestes Pferd* in Marlenes erlesenem Stall. Kokotte, in feuriger, enger Korsage, schwarzen Nylons und roten Stöckelschuh präsentiert. Die um höchste Preise für ihre Verderbtheiten feilscht, wie der Deibel um jede Seel'.

Nun stehen sie leibhaftig vor Benjamin Müller: Die drei Hauptfiguren aus seinem berühmtem Rotlicht-Roman!

Mit grazil zelebriertem Hüftschwung macht die rote Lola einen galanten Schritt auf Benjamin zu, legt ihren Arm um seinen Nacken und zieht ihren Körper an seinen.

„Du kommst jetzt mit! Hast Du kapiert?", säuselt die Kleine in drohendem Ton. „Mein süßer, schwieriger Fall! Und zick' bloß nicht rum!" Sie drückt die ihre sanft gegen Benjamins Stirn, schiebt ihre Arme einnehmend über seine Schultern hinweg und schaut ihm tief in die Augen. „Du kennst Helena – und du weißt: Die versteht keinen Spaß!", flüstert die rote Lola und lächelt sehr freundlich. Dann leckt die Dirne mit ihrer Zunge Benjamin Müller feucht und zärtlich über seine trockenen Lippen und haucht ihm ihren warmen, rauchigen Atem in seine leer gewordenen Lungen. Und der herbsüße Duft edlen Weihrauchs, aus ihrem purpurnen Mund, durchdringt Benjamins erkaltende Brust. Erfüllt sein Herz mit Wärme, Frieden und unendlicher Ruh.

Wanderer

Mit ganzem Herzen will ich ihn suchen,
meinen Pfad und wahrhaftigen Weg,
zwischen Alltag, Traum und Vision,
zwischen Schamanen und Geistern,
Elfen und Engeln,
im Diesseits wie im Jenseitigen auch.

Mit all meinen Sinnen die Furcht
zum Kampf will kühn ich rausfordern,
sie bezwingen und ihr Wesen erlösen.
Dürsten will ich nach Erkenntnis all dessen,
was Worte können schwerlich nur fassen,
bis man im tiefsten Innern es endlich
erlangt.

Und die dann zurückgeblieben sein
werden –
können sie sehen, glauben und auch
begreifen,
die Weisheit und Erleuchtung, die
ich erfuhr,
den endlosen Frieden, der sich in
meine Seele ergoss,
wenn ich meine Kleider zerreiß,
mein Herz ich entblöß
und frei es herausstrahlen lass?

Oder wird Spott und Missgunst
mich überziehn,

einen, der ungemach danach trachtet,
die Welt und die Tiefen des Selbst
vollends zu beschauen und zu verstehn,
der mit Mut und mit Eifer
stachliges Dickicht durchstreift,
über Kanten und Balken 'weg blickt,
weit über alle Horizonte hinaus
und ins Jenseits hin wandert
und noch weiter hinfort,
bis zu kühl-klarem Quell,
zu grünen, saftigen Weiden,
zu bemoostem, duftendem Grund
inmitten von Sonne, Lichtung und Wald?

So schreit ich erhobenen Hauptes voran,
auf meinen oft gar einsamen Wegen,
wandere mutig und trunken von Zuversicht
von Dunkel und Schatten in helles Licht.

Ludger Mechtelbrink

Liebe Leserin, lieber Leser,

es würde mich sehr freuen, wenn ich Sie mit meinen Geschichten für einige Augenblicke in die Welt meiner *Heldinnen* und *Helden* entführen konnte.

Aber es gibt noch von weiteren tragischen Schicksalen und bisweilen grotesken Verstrickungen suchender und liebender Menschen zu erzählen – und natürlich von den abenteuerlichen Erlebnissen des recht eigenwilligen und eigenbrötlerischen Ludger Mechtelbrink. Ein *Stadt-Schamane*, der sich, urtümlichen Wurzeln und Weisen traditioneller Druiden, Medizinmänner und Geisterbeschwörer folgend, als Mittler zwischen *den Welten* versteht. Dabei erlangt er seine Erkenntnisse für sich und seine Rat- und Hilfesuchenden auf manch absonderliche Art und Weise. Doch über all das mehr zu gegebener Zeit …

Ihr
Jürgen Drehmann